基于跨文化交际视角外国文学多维度分析研究

许艺萍◎著

中国纺织出版社有限公司

内 容 提 要

跨文化交际包括言语交际和非言语交际，核心是文化。随着世界经济的发展，国与国之间的联系日益紧密，经济上的联系也促进了文化上的紧密结合。文学作为社会背景下的意识产物，也是历史文化与人文情怀的载体，当前跨文化现象的产生给外国文学带来了新的机遇与挑战，本书从跨文化交际的核心出发，立足于对外国文学多维度的分析研究，最后对机遇跨文化交际视角外国文学建构与新媒体时代的创新进行了详细的阐述。

本书对跨文化交际与外国文学研究相关从业及爱好者，具有一定的参考价值。

图书在版编目（CIP）数据

基于跨文化交际视角外国文学多维度分析研究 / 许艺萍著. -- 北京 : 中国纺织出版社有限公司, 2021.12

ISBN 978-7-5180-9027-3

Ⅰ. ①基… Ⅱ. ①许… Ⅲ. ①外国文学—文学研究 Ⅳ. ①I106

中国版本图书馆 CIP 数据核字 (2021) 第 210499 号

责任编辑：武洋洋　　责任校对：高　涵　　责任印制：储志伟

中国纺织出版社有限公司出版发行
地址：北京市朝阳区百子湾东里 A407 号楼　邮政编码：100124
销售电话：010—67004422　传真：010—87155801
http://www.c-textilep.com
中国纺织出版社天猫旗舰店
官方微博 http://weibo.com/2119887771
三河市宏盛印务有限公司印刷　　各地新华书店经销
2021 年 12 月第 1 版 第 1 次印刷
开本：710 × 1000　1/16　印张：8.75
字数：150 千字　定价：55.00 元

前　言

经济全球化改变了传统的单一式生活格局，也对人们的思维格局产生了极大的影响，而这种影响也会在文学中得到反映。在跨文化的语境中，没有任何一种文学可以独立存在和发展，在跨文化语境的背景下，如何开展外国文学教学，是外国文学教学领域的一个重要课题。本书对跨文化语境进行了简要的分析，并探讨了在跨文化语境中应该如何解读文学的内涵，如何更好地开展外国文学教学。通过外国文学教学来拓展学生的视野，培养学生对不同文化语境中的文学作品的品读和鉴赏能力，使学生能够运用多元化的思维来看待各种文学问题。

跨文化交际包括言语交际和非言语交际，核心是文化。随着世界经济的发展，国与国之间的联系日益紧密，经济上的联系也促进了文化上的紧密结合。文学作为社会背景下的意识产物，也是历史文化与人文情怀的载体，当前跨文化现象的产生给外国文学带来了新的机遇与挑战，本书从跨文化交际的核心出发，立足于对外国文学多维度的分析研究，最后对基于跨文化交际视角外国文学建构与新媒体时代的创新进行了详细的阐述。

作　者

2021 年 9 月

目　录

第一章 外国文学多维度分析研究

第一节 文学与宗教的跨学科研究及其价值

中国传统学术和文化精神的代表，通常被视为“六艺”之学，即孔子删定的《诗》《书》《礼》《乐》《易》和《春秋》。根据《礼记·经解》和《庄子·天下篇》对“六艺”的解说，其根本都在于人的品性、修养和玄思，从而“为道”“为教”“为人”始终互为表里，“六艺”或“六经”便也亦文、亦史、亦哲。甚至专事文字、训诂的“小学”，也在《四库全书》中类归“经部”，因为“小学”虽起始于识字，却是为日后“大学”的读经做准备；正如西方中世纪的语法学、修辞学、逻辑学等“人文学科”（Liberal Arts）是为了培育凡人的能力，最终接近神圣的文本。

或许也是因此，文学与宗教的结缘在中国本是古已有之的传统。至《全唐诗》已经可以考得“诗僧”115 人，“僧诗”2800 多首，其中包括为西方学界所熟悉的寒山诗 300 多首。就文学与宗教的关联性研究而言，则或可首推宋人严羽的《沧浪诗话》。严沧浪“论诗如论禅”，认为“禅道唯在妙悟，诗道亦在妙悟”。因此开篇便“直截根源”“单刀直入”“悟入”“顿门”等佛家语满眼皆是。

与“以禅喻诗”的传统相关，后世学者对中国文学与佛道之关系的研究始终不曾中断。张曼涛主编的《现代佛教学术丛刊》有《佛教与中国文化》《佛教与中国文学》《佛教艺术》等三卷（台北大乘文化出版社，1976 年），收录了近人最有代表性的研究成果。20 世纪 80 年代以来的中国大陆学界，则有张中行《佛教与中国文学》（安徽教育出版社，1984 年），葛兆光《禅宗与中国文化》（上海人民出版社，1986 年）、《道教与中国文化》（上海人民出版社，1987 年），蒋述卓《佛经传译与中古文学思潮》（江西人民出版社，1990 年）、《佛教与中国文艺美学》（广东高等教育出版社，1992 年），刘守华《道教与中国民间文学》（台北文津出版社，1991 年），詹石窗《道教文学史》（上海文艺出版社，1992 年），孙昌武《佛教与中国文学》（上海人民出版社，1996 年）、《道教与唐代文学》（人民出版社，2001 年），陈引驰《隋唐佛学与中国文学》（百花洲文艺出版社，2002 年）等。

而自基督教入华以来，唐代的景教、明季的耶稣会士，以及“鸦片战争”前后的基督教新教，都为中国本土学术带来过诸多影响；20 世纪 80 年代以后基督教在中国又得到了前所未有的发展。因此，基督教与文学的关系也在文学与宗教的跨学科研究中占有越来越重要的地位。

早在 20 世纪 30 年代，青年学会书局曾大规模出版系列丛书，包括吴雷川《基督教与中国文化》、徐宝谦《基督教与中国文化》；后来对文学与宗教之研究影响最为长久的，则属同样被列入该套丛书的朱维之《基督教与文学》一书。

由此开始的两条线索，一条线索是关于基督教与中国文化，特别是中国现代文学的研究。比如马佳《十字架下的徘徊》（学林出版社，1995 年）、杨剑龙《旷野的呼声》（上海教育出版社，1998 年）、王本朝《20 世纪中国文学与基督教文化》（安徽教育出版社，2000 年）、王列耀《基督教文化与中国现代戏剧的悲剧意识》（上海三联书店，2002 年）、许正林《中国现代文学与基督教》（上海大学出版社，2003 年）、高旭东《中西文学与宗教哲学》（北京大学出版社，2003 年），最近还有陈奇佳讨论基督教与当代中国大众文化的著作《被围观的十字架》（人民出版社，2010 年）。

另一条线索则是从中国学人的视角比较和研究基督教与西方文学，比如朱维之《圣经文学十二讲》（人民文学出版社，1989 年）、《古希伯来文学史》

（高等教育出版社，2001 年），刘小枫《拯救与逍遥：中西方诗人对世界的不同态度》（上海人民出版社，1988 年）、《走向十字架的真：20 世纪基督教神学引论》（香港三联书店，1990 年）、《圣灵降临的叙事》（北京三联书店，2003 年），杨慧林《罪恶与救赎：基督教文化精神论》（东方出版社，1995 年）、《基督教的底色与文化延伸》（黑龙江人民出版社，2001 年）、《欧洲中世纪文学史》（译林出版社，2001 年）、《神学诠释学》（上海译文出版社，2002 年）、《在文学与神学的边界》（复旦大学出版社，2012 年），刘意青《圣经的文学阐释》（北京大学出版社，2004 年），刘建军《基督教文化与西方文学传统》（北京大学出版社，2005 年），梁工《圣经与文学》（时代文艺出版社，2006 年）、《圣经视阈中的东西方文学》（中华书局，2007 年）、《西方圣经批评引论》（商务印书馆，2006 年）等。

同时，美国旧金山大学（University of San Francisco）与北京大学联合举办的青年学者研讨会，主题为“基督教在中国：比较研究的视角与方法”。这可能是比较文学方法与宗教学研究第一次明确地关联在一起，由此而来的话题，则是为什么文学与宗教学注定会有这样一场对话?

2000 年，斯皮瓦克（Gayatri C. Spivak）恰恰是针对她本人所从事的比较文学研究，提出了“一个学科的死亡”。2003 年她将相关讲稿整理成书并以此为题公开出版，在学界引起了强烈的震动。作为一位比较文学教授，斯皮瓦克所宣称的“死亡”当然不是要取消这个学科，却是希望真正在“国际”，而非“西方”或任何一种“中心”的意义上，唤醒“比较”所蕴含的对话精神，并重建“世界文学”的概念。大而言之，这其实不仅是对研究方法的枪战，也关涉人文学术得以成立的前提。

如果从“比较文学”和“宗教学”本身的学科命意加以追究，那么近三十年的中国比较文学确实显示出日益自觉的跨学科意识。西方宗教学的标志，常被追溯于缪勒（Max Müller）的名言：“He who knows one，knows none.”（只知其一，便一无所知）。其中潜在的比较意识和对话精神，实际上也正是比较文学与宗教学共同分享的立身依据。从这样的意义上说，“世界文学”所谓的“国际”（international），正是与 national（民族、国族）相对而言：延及信仰，便是 inter-faith（跨信仰）；延及文化，便是 inter-culture（跨文化）；延及学科，便是 inter-disciplinary（跨学科）；延及主体，便是 inter-subjectivity（互主体）。

如果这样的观念必然超越“中心”的惯性，也就必将超越“学科”的界限。因此中国学者注意到：宗教学（甚至基督教神学）与比较文学的相互沟通和借鉴，已经在西方逐渐形成了一道独特的景观。比如，美国芝加哥大学特雷西（David Tracy）对语言的神话与历史的神话之解构，美国哈佛大学伊丽莎白·费罗伦查（Elizabeth Fiorenza）的女性主义神学与文本解读，英国诺丁汉大学密尔班克（John Milbank）的“激进正统论”（Radical Orthodoxy）与文化研究，美国 Syracuse 大学卡普托（John Caputo）关于解构主义思想的神学解说，美国普林斯顿大学斯塔克豪斯（Max Stackhouse）的“公共神学”（Public Theology），英国剑桥大学大卫·福德（David Ford）的“经文辨读”（Scriptural Reasoning），美国哈佛大学弗朗西斯·费罗伦查（Francis Fiorenza）的批判理论研究，英国格拉斯哥大学贾斯珀（David Jasper）的“神学与文学”研究，德国图宾根大学孔汉思（Hans Kung）的跨文化对话，法国斯特拉斯堡大学南希（Jean-Luc Nancy）的宗教—艺术理论等。其中最根本的趋向，正是“跨信仰”“跨文化”“跨学科”“互主体”的内在意蕴。

在宗教学的意义，比较研究的起点就是对“他者”的进一步关注和界说，就是以“中—间”（in-between）取代单向的主体，就是“将独一的反思性道德主体置换为一个道德话语中的主体群”。神学家卡尔·巴特（Karl Barth）曾有“让上帝成为上帝”（Let God be God）的推演，在他看来：“作为神学家我们应该谈论上帝，但是作为人我们又不能谈论上帝。……这便是我们所处的窘境，其他一切统统是儿戏。”因此，“我们自身并不能理解真理”“对上帝的认知……永远是间接的”。人和语言的这一限度，使上帝成为永远不可能被完全言说的“全然的他者”（the Wholly Other）。由此成全的不仅是“让上帝成为上帝”或者作为信仰对象的“全然他者”，实际上也是当代神学家所表达的一个人文学命题："让他者成为他者"（Let other be other），而不是"我们想象的投射"。其中所启发的，正是单一"主体"之外的"他者"的出场。

但是以主体理性为概念工具的西方传统，确实凭借"现代性"扩张和"中心"话语形成了一种备受质疑的真理模式，乃至一切都可能成为某一叙述主体和"中心话语"所描述的对象，成为某一"自我"所认识的"非我""异己者"或"异教徒"。于是大卫·特雷西（David Tracy）进一步提出：这样的"对象"已经谈不上"真正的他者"，而只是"我们欲求的投射"或"投射性的他者"（projected other）。"对话"却只能开始于强势之"我"的退隐和大写之"他者"（Other）的呈现，否则便无法了解"我们"之外的声音；这就必须"让他者成为他者"。

由此开始的研究，最终不可能只是通常意义上的文学比较、文化比较、宗教比较，而必然要指向"话语"本身的重构。如果当代人文学术确实包含着对于权力话语以及既定真理系统的挑战，包含着传统的"确定性"遭到动摇之后对于确定意义的追寻，那么这也就是文学与宗教的跨学科研究所能提供的最重要启发。

其实从中国学人的角度看，当代西方的宗教学本身就是传统神学之危机的一种产物和解决方式，是对某种独一叙述的挑战。按照埃里亚德（Mircea Eliade）的说法：不同的宗教现象具有"最根本的一致性"，而这是"人们直到近代才意识到"的"人文科学精神历史的统一性"。因此我们可以看到：当代神学家往往是通过文学艺术去发掘信仰本身所同样需要的"破执"。

宗教与文学、文化本身相互纠缠，被西方的学者不断提起。在见证了当今世界的"社会碎片化"（social fragmentation）、"文化世俗化"（cultural secularization）以及教会的"体制性权威"（institutional authority）丧失之后，基督教的信仰群体愈发意识到文学艺术的独特作用，愈发相信"作家和艺术家……有能力洞悉和表达人类对于超验的渴望"。

以此为机缘，则无论文学、文化还是宗教学的研究，都可以被归结为对于"意义"的某种追索。而"意义"之"确定性"和"客观性"的消失，正是当代社会最深刻的危机。由此入手，“意义”的对象、结构、载体及其理解，便显示为文学、文化和宗教学研究在“意义”领域的共同延展。

这一点在梵蒂冈第二次大公会议上得到了特别的肯定，已故的天主教教宗若望－保禄二世则在 1999 年发表《致艺术家的信》，其中写道：“真正的艺术甚至可以超越具体的宗教表达，与信仰的世界极为相似。因此，即使文化与教会处于完全不同的情境，艺术同宗教经验之间也保持着一座桥梁。艺术在日常生活中寻求美和想象的果实，实质上正是对神秘的吁求。即使艺术家探索灵魂中最黑暗的部分或者恶的躁动，他们也是在呼唤一种普遍的救赎愿望。”

其实即使没有所谓的“碎片化”“世俗化”或“权威的丧失”，“艺术与宗教经验”之间的这座“桥梁”也始终是存在的。华兹华斯（William Wordsworth）曾有一个吟咏布谷鸟的佳句，被郭沫若先生译得颇为传神：“你可是一只鸟儿，还是一串飘荡的声音？”这也如艺术与宗教经验之间的关系：何者为“鸟儿”、何者为“声音”的分别，其实并不需要多少推论和思辨，却全凭它们自身洋溢的诗情和灵性。就像“江上何人初见月，江月何年初照人”的千古绝句，就像山门以远的晨钟暮鼓、庙堂之深的睡莲锦鲤，西方人同样是通过“风随意思而吹”感受“道与上帝同在”。

与之相应，近些年教会内的学者对于文学研究与艺术批评的高度认可也是前所未有的。他们已经不只是宽容或者接纳文学研究对基督教内容的涉及，而是从根本上意识到文学研究与神学自身的相似性。比如，英国格拉斯哥大学的“文学与神学研究中心”，陆续出版了 11 卷“文学与神学研究丛书”；美国圣托马斯大学（University of St. Thomas）的“天主教研究跨学科委员会”（Catholic Studies Inter disciplinary Committee）甚至明确提出：“对于文学艺术的学术分析带有跨学科的性质，这为不同主题的综合提供了一种模式，而且恰好也是天主教研究的特征。”

有鉴于此，中国的比较文学学者也意识到自己面临的转向及其与宗教学研究的可能互动，从而在相关研究之外，还通过经典翻译、学术辑刊、国际论坛、研究课题等，初步形成了与国际学术界密切交流甚至同步发展的稳定平台，也取得了一定的成果。甚至可以说，这一类研究不仅在比较文学领域扮演着重要角色，而且正悄悄影响着中国人文学术的整体品格。

在经典翻译方面，自 20 世纪 90 年代初期以来出版的“历代基督教思想学术文库”（刘小枫主编）最具代表性，目前已有译著百余部，在多个学术领域都产生了很大影响。同时，四川人民出版社“宗教与世界译丛”（何光沪主编）、北京大学出版社“未名译库·基督教文化译丛”（游冠辉、孙毅主编）等，也包括了文学与宗教研究方面的多种译著。中国人民大学出版社“基督教与西方文学书系”、“诠释学与当代世界书系”（杨慧林主编）所收入的，则是当代西方学者在文学与宗教之研究方面的专门著作。

在学术辑刊方面，1998 年创办的《基督教文化学刊》至今已连续出版 30 辑，并于 2005 年以后列入 CSSCI，于 2009 年以后在中国香港同时出版国际版。其中以“诗学与神学”“诗性与灵性”“诠释的神学”“对话的神学”“神学与公共话语”“神学的事件”为主题的专辑，初步形成了“文学与宗教的跨学科研究”系列。另外，近年先后创办的《神学美学》（刘光耀主编）和《圣经文学研究》（梁工主编），也已各自出版了多卷。这些学术辑刊都是由一批从事比较文学研究的学者发起，而它们的作者队伍却都扩展到宗教学、哲学、史学、人类学、社会学等多个学科，成为典型的跨学科研究平台。

在国际论坛方面，除去中国比较文学学会、中国外国文学学会、中国高校外国文学教学研究会等分别举办或参与举办的相关会议之外，中国学者还与国内外大学和研究机构合作，组织了“文学与文化的宗教诠释”“文化研究与神学研究中的公共性问题”“文学与文化研究的神学进路”“汉学、神学、文化研究”“神学与诗学”等每年一届的暑期国际学术研讨班（中国人民大学）。其中，中国学者的重要演讲包括曾繁仁《当代生态美学与基督教文化资源》，卓新平《基督教与中国文化的三次对话》，赵敦华《学术神学与中国宗教学研究》，刘小枫《普罗塔戈拉的神话》，温伟耀《德国表现主义视觉艺术与蒂利希的神学建构》，耿幼壮《夏加尔的绘画与伊里亚德的神学》，杨慧林《“灵性”诠释与“诗性”的诠释》等。这一领域的重要国际学术会议还有：“《圣经》与经典诠释国际学术研讨会”（河南大学）、“纪念朱维之先生百年诞辰暨基督教与文学学术研讨会”（南开大学）、“基督教在中国：比较研究的视角与方法”（北京大学）等。近些年的历届中国比较文学学会年会暨国际学术讨论会也均将“文学与宗教”列为分论题。2011 年以来，中国学者联合欧美学者在国际比较文学学会建立“经文辩读与比较文学”研究委员会，与“经文辩读”在欧美的最重要代表大卫·福德（David Ford）、彼得·奥克斯（Peter Ochs）等多次对话，与英国格拉斯哥大学共同组织“北京—苏格兰论坛”（Beijing–Scottish Seminar）并为牛津大学出版的《文学与神学》（Literature and Theology）合编专辑，还在 2013 年 7 月的国际比较文学学会年会组织了专门的圆桌会议，其中的焦点都在于文学与宗教的跨学科研究。

在研究课题方面，中国最具代表性的“国家社会科学基金”不仅在“中国文学”和“外国文学”领域增加了“文学与宗教”研究的立项，而且在“宗教学”领域也有越来越多的课题与“文学与宗教”的研究直接相关。甚至在教育部重点研究基地的重大课题中，也已经包含了神学与人文学的比较研究。与此同时，许多高校都在这一领域建立了国际合作项目及长期的合作研究网络。

理解已经是诠释。在汉语的语境和理解结构中，一切有关异域文化的论说都必然以“比较”的观念为前提，而任何纯然的“× 语文学研究”实际上都不可能存在。但是应该承认，中国学者关于文学与宗教的跨学科研究目前还主要处于西方学术的影响之下，如何进一步超越西方的话语逻辑和研究方法，如何使中国的文化经验在全球对话的语境中得到自己的陈述方式，既是比较文学的学科命意之所在，也是文学与宗教的跨学科研究应当寻求的可能突破。

中国现代学术大师王国维的研究工作曾被陈寅恪概括为“释证”、“补正”和“参证”。其中“释证”是指“地下之实物与纸上之遗文”的比较对勘，“补正”和“参证”则都是借助外来之学，即“异族之故书”和“外来之观念”。

陈寅恪甚至认为："吾国他日文史考据之学，……无以远出三类之外。"

就西方学术之于中国学人的主要意义而言，真正地理解和诠释必将指向对其细节的超越、对其所以然的追究、对其针对性问题以及话语方式的剥离。从而我们与"他异性"思想和文化的距离，才能成全独特的视角，激发独特的问题，使中国语境中的西学真正有所作为，甚至对西方有所回馈。在我看来，中国学界已经开始并正在扩展的文学与宗教之跨学科研究，将从三个方面实现这一可能的回馈：第一是通过传教士时代的中西典籍互译和"经文辩读"，发掘独特的比较研究资源。第二是借助中国古代学术的注疏传统以及使文学与宗教天然相关的西方诠释学，描摹跨学科研究的历史通道。第三是参证始终潜在于西方人文学术的宗教维度，为文学与宗教的跨学科研究提供方法上的借鉴。

文学与宗教的跨学科研究可能终将为人文学术带来一些根本性的启发。比如对"他者"的关注，应该是比较文学的先天品质。如果说"世界文学"是与不同的"民族文学"相对应，那么"比较"的观念则使单一的视角让位于多元、使每一个"言说者"也被他人所言说、使任何一种叙述都不再具有"中心"的地位。由此得以成全的"他者"（the other），也恰恰是人文学思考的基本前提。

这可能还需要从大写的"他者"中解析两层含义。从根本上说，大写的"他者"意味着任何一种叙述都不再具有"中心"的地位。神学家论说人与上帝的绝对差异，只是将叙述主体和语言媒介的有限性极而言之，这一关于自我限度的警觉并非神学所独有，也是人文学术的普遍关注。

而这种绝对的"差异"和"独一"所真正质疑的，只是人类认识活动中的"主体"和中心"话语"，它所保证的恰恰是不同叙述之间的相互激发。如果将大写的"他者"转换为一种"身份政治"（identity politics），则同样没有摆脱"中心"的逻辑。换言之，"让他者成为他者"绝不意味着"只有同性恋者才能理解什么是同性恋，只有阿拉伯人才能理解什么是阿拉伯人"。与此相反，大写的"他者"之所以可以与某种神圣的"他异性"相关联，正因为它必然否弃叙述主体本身的“中心”地位，进而成为不同语言、文化、族群和传统之间的中介，使我们“在对话各方之外，……导向真正的对话”。这些神学论题当然会通向某种信仰的表达，然而将它们剥离开来，“他者”所及的两层含义可能仍然是有效的。在这样的意义上，一切言说都包含在“倾听”和“回应”的对话关系中。由此成就的不仅是互为“他者”，进而“自我他者化”（self-othering）的丰富个案，也将是“非中心”或“解中心”的“真正的思想”。

“对话”是“他者”问题的自然延续。“让他者成为他者”才能开始真正的“对话”，才能了解“我们”之外的声音。这既是一般对话理论的基础，也正是比较文学的学科起点。而由此展开的“对话”，并不仅仅是什么“可比性”的问题，甚至也不仅仅是借鉴“他者”的经验或者论说所谓的文化多元。归根结底，“比较”中的“对话”最终是要返诸己身，透过一系列对话关系重新理解被这一关系所编织的自我。其中最基本的意义，是在他种文化的眼中更充分地揭示自己。进而言之，“比较”与“对话”的更深层意义，还在于当代人文学术从不同角度所关注的“自我的他者化”（self-othering）、“对宾格之我的发现”（Me-consciousness）。而这一切，恰恰又都是宗教学研究的关键。

意识到“我”具有主格和宾格、指称者和被指称者的双重身份，意识到“主体”只是存在于一种对话关系之中，“对话”便成为起点而不是落点，“对话”也才能超越近乎托词的“多元”，进深到“间性”的自省。其中所荐含的自我批判，乃是比较文学研究不断激活甚至重组人文学术的根本原因。从而文学与宗教的跨学科研究，往往并不是停留在文学文本的比较和分析，却必将指向对现代性神话和“宏大叙事”（grand narrative）的全面颠覆。

一位英国诗人克里斯托弗·斯玛特（Christopher Smart）本来并未引起文学研究的太多关注，他写作长诗《羔羊颂》（*Jubilate Agno*）的时候实际上已经被关进疯人院。而在1999年，神学家密尔班克等人《激进的正统》（*Radical Orthodoxy*）一书却将斯玛特的诗行引为题注，甚至特别提到“希望本书没有背离……克里斯托弗·斯玛特的精神”。恰如《羔羊颂》所预言的：“H是一种精神，所以H就是上帝，……M是音乐，所以M就是上帝，……T是真理，所以T就是上帝，……X有三的力量，所以X就是上帝”；《激进的正统》所要建构的“新神学”（Anew Theology），显然已非传统意义上的神学。

针对“确定性”、权力话语、真理系统甚至传统本身的挑战，几乎已经是文学与宗教学的跨学科研究在当代最普遍的思想经验。如果可以这样理解文学与宗教的跨学科研究，那么海德格尔（Martin Heidegger）一段话可能特别值得玩味：“当诗人作为诗人的时候，他们是先知性的（prophetic），但他们不是……‘先知’（prophets），……诗人的梦想是神性的（divine），但他并不梦想一个神（agod）。”当比较文学与宗教学在中国学人的研究中开始相互激发的时候，当二者的结合使一切自我封闭、自我诠释和“事先的信靠”（Pre-assurance）得以消解的时候，其中所包含的灵感和启示，或已成为人文学术之价值命意的根本标志。

第二节　社会学批评视野中的外国文学研究

文学批评和阐释是关于文学发生、发展、嬗变的历史叙述，不同时代对历史采取的叙述视角是不同的。在中国文学批评界过去的60年里，对文学史观和批评方法产生巨大影响的无疑是社会学视角。什么是文学社会学？简单地说，文学社会学就是从社会学的视角来研究文学活动的理论。如何认识文学与社会的关系决定了如何阐释文学的本质。“文学社会学”要求将文学放在现实社会背景下进行研究、力图发现文学活动的运作规律。它不仅是文学理论的一种重要形态，也是一种方法论。借助它，我们可以认识并挖掘文学的本质。

就欧美文学批评领域而言，西方对文学与社会关系的思考与资本主义社会的整个发展过程，即从封建社会解体后最初的商业资本主义到工业资本主义，再到晚期资本主义的这一过程有着密切的关系。上溯至18世纪，西方的思想家、哲学家、文学家开始著书立说，这些学说从不同侧面触及了文学艺术与社会的关系这一问题。卢梭的《论科学和艺术》（1750 年）认为现代社会的堕落和变态也体现于艺术领域；席勒《审美教育书简》（1793 年）则强调社会组织的“政治问题”必须依托于审美王国的“时代精神”；19 世纪的斯达尔夫人《从文学与社会制度的关系论文学》（1800 年）和《论德意志与德意志风俗》（1810 年）开创性地探索了宗教、习俗和法律与文学之间的相互影响、相互作用的关系；此后，丹纳的种族、环境、时代学说，左拉的“实用社会学”创作，舍雷尔的《德国文学史》（1880—1883 年）倡导以传承、学养、生活三种因素研究作家和艺术家的创作，创立实证主义社会学科的孔德和涂尔干也对后来的文学社会学产生了深远的影响，尤其是后者在代表作《论自杀》（1897 年）中阐明政治冲突、哲学派别、文学思潮以及作品、自杀等社会现象都有其集体的起因，因而，只有从社会的角度才能给予恰当的解释。

二十世纪二三十年代后，欧美文学界对文学与社会关系的态度出现分野。一方面，新兴起的结构主义、新批评等流派强调文本的自足语境，突显了文学的“自主性”和“自律性”观念，具有反社会学视角的倾向；另一方面，其他的理论流派却致力于将一些新的理论与西方马克思主义或融合，或背离。法国著名的存在主义哲学家让 - 保罗·萨特 1948 年写了《什么是文学？》一书，明确提出什么是写作，为什么要写作和为谁写作的问题，提出作家要干预生活，文学是“介入”的写作。20 世纪 50 年代影响最大的西方马克思主义批评家吕西安·戈尔德曼（1913—1970 年）的发生学结构主义理论，把作品的意义结构与涉及更广的社会集团的集体意识结构之间的关系视为同源关系，试图在对社会文化现象做高度概括和综合分析的基础上解决文艺同社会的根本关系问题。到了 20 世纪 60 年代，鉴于阿多诺（Adorno）、卢卡契，尤其是苏联的马克思主义文学理论的教条化倾向，法兰克福学派对“苏联模式”文论进行了批判，马尔库塞的《审美之维》的副标题即是“对马克思主义美学的批判性考察”。在《审美之维》中，马尔库塞提出，“与传统的马克思主义美学相反，我相信艺术的政治潜能在于艺术本身，即在审美形式本身。此外，我还认为，艺术通过其审美的形式，在现存的社会关系中，主要是自律的。”他指出，苏联马克思主义批评都是由“经济基础—上层建筑”的概念推衍出来的，过于强调物质力量的现实存在，低估了整个主体领域。马尔库塞甚至偏激地认为：“马克思主义美学即使在其著名的代表人物那里，都同样低估了主体性，因此，都倾向于把现实主义当成进步艺术的领域，而把浪漫主义贬为纯粹反动的流派，鄙视为‘腐朽的’艺术。”在艺术与政治的关系上，马尔库塞认为“艺术的政治潜能仅仅存在于它自身的审美之维。艺术同实践的关系毋庸置疑是间接的、存在中介以及充满曲折的。艺术作品的直接的政治性越强，就越会弱化自身的异在力量，越会迷失根本性的、超越的变革目标”。法国学者埃斯卡皮的《文学社会学》（1958 年）和德国学者菲根的《文学社会学的主要方向及其方法》（1964 年）反对将马克思主义庸俗化，反对用文学内容来印证社会问题。埃斯卡皮着重根据社会和经济的进程来探讨文学的社会功能，强调文学社会学应该采取价值中立的立场，不是深究文学作品的内容和形式，而是探讨“文学事实”，亦即研究“社会中”的文学，而不是研究“文学中”的社会。20 世纪 70 年代以来，随着文化研究、后殖民研究、新历史主义研究的兴起，欧美的“文学社会学批评”得以再次兴起，一些理论家也开始反思文学社会学的根基及其内涵。20 世纪 70 年代后，马克思主义社会学理论的影响日益强大，使得一些文艺社会学家的理论不同程度地涂上了马克思主义的色彩。卡尔·曼海姆（Karl Mannlieim）创立了“知识社会学”，齐马在《本文社会学》（1980 年）、《小说的双重性：普鲁斯特、卡夫卡、穆齐尔》（1980 年）、《小说的无差异性：萨特、莫拉维亚、加缪》（1982 年）和《社会学批评概论》（1985 年）等著作中，提出并逐步完善了文学社会学的理论。

可以说，文学社会学在西方文学研究中是一门显学，流派众多，其中各流派与“马克思主义文学观”“马克思主义文学社会学”之间的影响、交流和碰撞具有举足轻重的意义。就国内而言，我们所说的社会学批评，在新中国成立以后较长一段时期内隶属于马克思主义社会学批评。马克思主义社会学批评于20世纪30年代开始活跃在苏联和东欧各国，逐渐影响中国的文学批评，尤其是到了20世纪40年代，以毛泽东的《在延安文艺座谈会上的讲话》为标志，马克思主义文学观在文学理论、中外文学批评、文学史史观等方面占据主导地位，形成了那个时期文学社会学批评的“中国特色”。限于篇幅，本文侧重于谈谈中华人民共和国成立70年以来，社会学批评在外国文学研究领域的影响和变迁。

就中国的学术界和文坛而言，社会学批评是中国70年来文学研究中的显学，这一批评在与“马克思主义文学观”“马克思主义文学社会学”相互浸透、相互影响、相互吸收与排斥中，各种观点层出不穷，异彩纷呈，蔚为大观。中华人民共和国成立以来，中国的社会学批评历经了三个历史发展阶段：一是中华人民共和国成立至“文革”期间的强化期，在当时阶级斗争为纲的背景下，借助社会学批评的方法，老一辈学者灵活地运用了马克思主义的“历史的观点”，对外国当代进步文学进行了介绍和评价，对文学作品中体现的社会发展规律进行了探索研究，促使中国人了解了国外统治阶级对人民的压迫和剥削，了解了外国人民为争取光明和自由所进行的英勇斗争，在广大读者中起到了积极的教育作用。二是改革开放至20世纪90年代初的反思期。这一时期清算了庸俗社会学的不良影响，反思了政治批判的标准，发起了“人道主义”与“现代派”的论争，将批评从外部社会价值观批判转向对现代化背景下人的内在情感世界的探索，同时深化了对文学的意识形态性的讨论。三是20世纪90年代中后期至今的平衡期，社会学的内涵扩展到文化视野，社会学批评的单一性、封闭性被打破，女性主义、种族主义、后殖民主义、新历史主义等多样性的话语实践所具有明显的“政治旨趣”，也进入了社会学批评领域。可以说，在很大程度上，70年间的中国的社会学批评是在理解消化马克思主义文艺批评的曲折道路上，结合中国发展实际，在与西方各种新兴流派相互比较、碰撞、借鉴和扬弃的过程中发展壮大的。

一、中国社会学批评的强化时期

这一阶段主要是指中华人民共和国成立以后至“文革”期间（1949—1978 年），因中国特殊的历史语境，在当时的政策与苏联文学批评界的影响下，中国的文学社会学走上了一条不同的发展道路。按今天的眼光重新审视，马克思、恩格斯关于经济基础和上层建筑的关系的理论，为建立科学的文学社会学思想体系奠定了基础。而且，马克思、恩格斯对文学的评论，也是从文学艺术自身规律出发，经得起历史的或现实的社会生活实践、文学实践的检验的。马克思主义思想并没将文学视为政治、社会的附庸。例如，恩格斯曾这样评价巴尔扎克：“他在《人间喜剧》里给我们提供了一部法国‘社会’，特别是巴黎‘上流社会’的卓越的现实主义历史。”展现了“上升的资产阶级”对“贵族社会日甚一日的冲击”。“这一贵族社会”“尽力重新恢复旧日法国生活的标准”，却不可避免地“腐化”并“逐渐灭亡”。他“经常毫不掩饰地加以赞赏的人物”是“圣玛丽修道院的共和党英雄们”。“他看到了……贵族们灭亡的必然性，从而把他们描写成不配有更好命运的人。”这里，恩格斯将社会学批评的“历史的观点”和“美学的观点”统一在一起，既印证了马克思《资本论》中社会发展阶段的观点，又从美学的角度阐明了文学问题。然而，我们由于受当时政治因素的影响，在外国文学研究中走入了庸俗文艺社会学的泥潭。我们片面地将马克思将社会关系的理解简单地归结为生产力与生产关系的关系，而生产力与生产关系的冲突又表现为阶级斗争或阶级利益的冲突。于是，以此为依据，便认为必须将文学这一精神文化现象还原到这种斗争关系中才能够理解它。在这种机械粗暴地对文学的阐释中，我们从主观意志和政治需要出发去厘定外国作品的价值，用政治、政策条文的标准来衡量文学现象的意义。除此之外，必须指出的是，苏联阵营的文学批评理论和批评范式对中国的庸俗文学社会学的形成起了很大的作用。20 世纪 20 年代苏联庸俗社会学的代表之一，弗里契声言：“经济—阶级—阶级心理—艺术，这就是马克思主义所理解的艺术一元论”；艺术是“经济进化的标志”，“艺术作品是用艺术形象的语言翻译的社会经济生活”，艺术同法律、科学、道德、宗教、哲学一样，都是为了“表达社会的经济内容和阶级内容”而存在的。不仅保尔·拉法格（1842—1911 年）粗暴地对待资产阶级作家的创作倾向，卢卡契在批评文章中也将一切现代派文学贴上颓废文学的标签，这些都对中国的文学社会学批评的发展产生了负面影响。

中华人民共和国成立后最初的 30 年，虽然我国的外国文学学者已经敏锐地认识到苏联社会学批评的不足，但在当时的历史条件下，还是自觉或不自觉地将文学与社会的关系处理成一种僵化的一对一的关系。社会学批评被框限在机械反映论的认知模式中。杨周翰、吴达元和赵萝蕤三位教授主编的《欧洲文学史》就反映了这种矛盾。《欧洲文学史》上下卷分别于 1964 年和 1979 年问世，这部文学史书代表了当时我国学者对欧洲文学的认识和研究水平。这部教材从社会学视角进行文学批评，并力图把马克思主义的社会发展理论引入其中，反映了老一代学者世界观改造的新的进步。但不可否认的是，这部文学史也仍然过度地强调了历史背景与作家、作品之间的关系，如在讨论狄更斯、萨克雷等人的现实主义小说创作时，特别强调“他们大都经历过宪章运动或受到这一运动的影响”。这种历史叙事明显夸大了工人运动的作用，没有对文学与当时社会历史的各种具体的细节和中介环节作更加细致入微的分析，影响了马克思主义社会批评的“历史的观点”的真正贯彻。该书对浪漫主义进行了“政治”性解读，将其分为所谓的“积极浪漫主义”和“消极浪漫主义”，认为积极浪漫主义作品“符合广大人民的利益和愿望，强烈要求摆脱封建束缚，追求个性解放；这种激情往往体现在他们描写的大自然中”，而“消极浪漫主义”诗人华兹华斯因其“颂扬统治阶级的国内外反动政策”的政治立场，不予讨论，这样，从效果上看，文学的价值高低就完全取决于它是否反映了社会现实、是否选择了正确的政治道路，而对作品的审美性判断被搁置在一边了。强烈的政治意识形态的介入，使这部开拓性的著作仍然留有机械理解的遗憾。

如何公允地看待这一时期的外国文学研究中的社会学批评呢？应该注意

到，在当时特殊的历史环境下，刚刚完成社会革命的新中国，必然要在思想文化领域巩固和发展革命成果。从现实情况来看，对于文学创作、翻译和评论而言，压倒一切的中心任务是听从号召，联系实际、面向群众，为无产阶级政治建设服务。由于阶级斗争的弦绷得太紧，以至于在这样的政治局面下，我们在外国文学的研究中，不由自主地就将阶级分析、政治批判当成了判断作品优劣的唯一手段和标准，并且，将外国文学作品的翻译、介绍和评论视为思想教育的手段，从而导致分析和评价作品时主题先行，过多注重作品的时代背景、注重意识形态上的革命与否、注重作品的思想教化功能。典型的例子就是：认为《战争与和平》宣扬不抵抗主义，而《威尼斯商人》则是攻击犹太人。这类分析有意无意间让文学作品充当了当时政治思想的载体，剥夺了文学本身的本质属性。应该说，恰恰是我们要用马克思主义的立场、观点、方法改造西方的社会学批评理论的时候，由于对马克思主义社会发展理论理解的机械化和教条化，致使我们要建设得更科学的社会学理论，反而成了庸俗社会学批评。这种批评方式的僵化和视野的狭窄，必然导致对外国文学作品理解的片面，比如，我们的文学批评界曾无法容忍 19 世纪批判现实主义作家的人道主义和有神论思想，以政治尺度衡量作家作品。

当然，如前所言，也要注意到，在长期的批评实践中，一些大翻译家、评论家以过人的胆识和高超的理论造诣，本着“为革命服务，为创作服务”的宗旨，在重点介绍苏联和各社会主义国家的文学的同时，还对英、美、法等西方资本主义国家的文学给予了应有的重视。在那样的情况下，这种工作尤其难能可贵。一方面，外国文学研究者灵活地运用了马克思主义的“历史的观点”，为中国的外国文学的社会学研究做了奠基性的工作。他们对外国当代进步文学的介绍和评价，使中国人从中了解到国外统治阶级对人民的压迫和剥削，了解外国人民为争取光明和自由所进行的英勇斗争，唤醒了中国民众，投入和平运动和反帝斗争中，推动一批又一批人参加社会主义建设，在广大读者中产生了积极的影响。另一方面，当时的有些外国文学研究者所做的一些评论在今天看来都是较为公允和全面的，有真知灼见的，甚至在今天的教材中仍然得以沿用，如陆凡在《陀思妥耶夫斯基》一文中，就客观地评价道，陀思妥耶夫斯基“对于19世纪后半期俄罗斯生活和社会矛盾的艺术概括，对人物内心生活的深刻分析，语言的表现力等又都和现实主义的、人道主义的俄罗斯文学传统不可分割地联系着，因而也就是对于人类文化宝库的光辉贡献”，李赋宁在《莎士比亚的“皆大欢喜”》中认为，“《皆大欢喜》在莎士比亚的创作道路上占有重要地位，它可以帮助说明由于社会矛盾的加深，由于莎士比亚世界观的深刻化和成熟化，莎士比亚的创作逐渐由喜剧时期过渡到悲剧时期；莎士比亚的人文主义世界观表现出这样的转变：从对族长式的牧歌社会抱着幻想进入对资本主义原始积累时期英国社会关系加以深刻分析和严厉批判。”前辈们建立起来的作品、作家与时代、社会、思想传记，文学的社会作用，教育意义三大模块得以在后来的教材系统中长期沿用，摆脱了外国文学研究“欧洲中心”论现象。尤其值得一提的是，研究者比较全面地揭示了19世纪日益得势的资产阶级与贵族之间的矛盾以及资产阶级内部的矛盾；暴露了资本主义社会民主自由的虚伪，描述了资本主义社会人与人之间的冷酷关系和资产阶级的伪善面目；指出了在充满罪恶的社会中，作者无力解决社会矛盾时，不得不诉诸改良主义的无奈；分析了作者对人生与社会持悲观态度、颓废情绪的原因。前辈们在译介外国经典文学的同时，还注意引进和介绍与文学社会学批评密切相关的西方文艺理论和进步文艺论著，如《安诺德文学评论选集》、福克斯的《小说与人民》、林赛的《论社会主义现实主义》、法斯特的《文学与现实》，还有《托・史・艾略特论文选》等现代派文艺论著。经中国老一辈外国文学学者的苦心经营，极大地推动了中国传统文学批评的现代化演进进程，这是老一代学者对马克思主义文学社会学批评的历史贡献。

二、社会学批评的反思期

这一阶段主要是指改革开放至20世纪90年代初（1978—1992年）。整个20世纪80年代的文学观念主要集中在文学的社会性问题上，要求文学挣脱庸俗政治论的束缚，摆脱从属于社会学的地位，获得独立品格。文学理论和批评不仅清算庸俗社会学和政治批判，还将对文学的特质的重视重新提到日程上来。1978 年外国文学评论家翻译家叶水夫先生发表了《批判“文艺黑线专政”论，努力做好外国文学工作》。文中指出：“四人帮”在外国文学上的这种排外主义与虚无主义，是直接对抗马克思主义经典作家关于吸收外国优秀文学遗产的教导的，是直接对抗毛主席的“古为今用，洋为中用的方针的”。1979 年《上海文学》发表评论文章《为文艺正名——驳“文艺是阶级斗争的工具”说》，这类文学评论成为文艺界正本清源、拨乱反正的先声。在文艺理论界，童庆炳先生在 1983 年发表的《文学与审美》一文中提出“只有在文学理论的各个问题上深入引进‘审美’的观念，我们的文学理论才可能打开新的局面”。次年童庆炳在自编教材《文学概论》中明确提出“文学是社会生活的审美反映”及“审美是文学的特质”等新见解。1985 年曾经被誉为我国文学研究的“方法论”年。国内文艺界先后在北京、厦门、扬州、武汉等地召开了一系列会议，中心议题就是讨论文学研究方法论更新，这股热潮从 1985 年持续到 1987 年。1987 年，钱中文先生主张“必须建立我国科学的文学社会学”。在“方法论热”的推动下，前辈学者翻译和引介了一批国外的文学社会学成果，如埃斯卡皮的《文学社会学》、阿诺德·豪泽尔的《艺术社会学》、阿尔方斯·西尔伯曼的《文学社会学引论》、戈德曼的《文学社会学方法论》等，另外，还引进了英国伯明翰“当代文化研究中心”和法国波尔多“文学和大众艺术技术研究所”等国际著名的文艺社会学研究机构的研究成果，如雷蒙德·威廉斯的《文化和社会，1780—1950 年》、R. 霍加特《文学的用途》与《文学和社会学》等重要的文艺社会学文献。这些文献在 20 世纪 90 年代被翻译到国内，便立即在国内的学术研究中被参考并引用。国外文学社会学新成果有力地推动了国内文学社会学的研究。这一时期虽然接受美学、符号学、文学现象学、精神分析学、神话原型批评、新批评、结构主义与解构主义等现代批评方法涌入研究视野，但是从社会学批评视野反观，可以说，这些现代批评方法背离了传统社会学批评用僵化的“描摹”、机械的“反映”来体现文学作品与社会之间关系的做法，但也可以理解为现代批评方法是从具体的文本细读、现代逻辑概念出发，重新构建了文学作品和社会之间的复杂关系，这些关系可能是因果关系、从属关系、类似关系；可以说，研究方法的更新似乎使得文学的“自主性”和“自律性”观念占据优势。这些研究理论也大大拓宽了传统社会学批评的视野，既是对社会学批评的局限突破，又是对社会学批评的充分运用。之所以这样说，是因为在新时期特殊的语境下，“20 世纪 80 年代社会环境有太多的矛盾关系，需要依赖意识形态来维系社会的整体和谐与共同目标，文学研究笼罩在一种理想化的主流意识形态话语之下，这种话语的特点是设置了一系列的二元对立：现代 / 传统，改革 / 反改革，左 / 右，现代化 / 反现代化，所以文学社会学的研究基本上还是政治的视角，根据政治的需要来进行研究，文学社会学也就成为革命事业的一个有机组成部分”。

一个鲜明的标志就是，对外国现代派文学作品的引介和对现代派文学的重新审视，激发了席卷文学创作界和理论批评界的大讨论。这场讨论的始发阶段，其初衷是把注意力转向文学自身的审美规律，以辩证的态度对待西方现代派文学。在徐迟先生发表《现代化与现代派》一文中，阐述了经济的“现代化”与文学的“现代派”的关系，提出把“实现社会主义的四个现代化”与具有“现代派思想感情的文学艺术”联系起来，该文提倡新文学的崛起，颇具探索精神，但是，当时许多研究者认为经济的“现代化”与文学的“现代派”并不存在着“必然的联系”，文学的“现代化”也并不就等于“现代派”文学。因此文的观点，在反精神污染运动中，徐老成为全国重点的“清污”对象。原本是学术意义上的讨论，仅仅因为太多的社会变革需求被寄托在“现代派”这个当时并不明确的概念上，便不可避免地导致了批评的歧义和混乱。於可训先生曾客观地评价这场风波，“关于‘现代化和现代派’的讨论，还基本上是在‘历史的观点’内提出问题，那么，上述两个问题的讨论，显然已经进入了‘美学的观点’的范畴。虽然它还不是一种严整的基础理论，但它对于马克思主义的社会批评中本来就十分有限的‘美学的观点’，无疑是一种极为重要的补充和启示。”随着各种国外文学作品与思想的传入和理论界关于审美问题的热烈争论，人们开始反思把文学仅仅视为从属于政治的意识形态的观点，在对过去的政治社会学批评定势进行重新梳理基础上，重新审视文学社会学。叶水夫在 1987 年《社会主义新时期的外国文学工作》一文中指出，当前外国文学研究中，“首先是文学与政治的关系问题。……文学是上层建筑，政治也是上层建筑，文学虽然不能脱离政治，但却有它相对的独立性，而且也能对政治产生影响。……更成问题的是我们对政治还有片面的、狭隘的理解，即什么样的政治产生什么样的文学。……这完全违反了列宁的每个民族文化里都具有进步与反动两种文化的学说。而且，文学的发展，也并不总是与社会一般发展相适应的。”1988 年中国社会科学院外国文学研究所召开“青年学者外国文学理论研讨会”，会议指出，“走出困境，势必重新界定文学理论。微观、宏观是两个值得探索的出路。我们的困境与过去对文学理论的界定关系极大。是什么？现在我们可以说它既不等同于政治理论，也决不属于政治思想，其基本内容就是语言结构、词语的音、形、义、句、段等内部构成的客观规律，其余的一切都不能称为文学理论。”尽管 20 世纪 80 年代有太多的争论和纠葛，但是从文学创作、翻译和批评角度来看，时代的整体倾向就是由外部社会价值观批判转向对人的情感世界的诉求，促使批评视角转向现代化背景下的思想感情。反映人生，表现时代，既融入心理意识，又折射外部世界的社会现实，是这一时期批评的特点。夏仲翼先生在 1988 年发表的《文学性的演变标志着文学走向》一文的观念颇具代表性：“其实，过分地强调‘模仿’和‘理念’的对立也许只是研究思想现象时的形而上学的权宜，非此不足以说明两种倾向的本质。……文学性是一个历史的概念，文学性发展到现在已经是一个有庞大组成要素的集合体，每个时代几乎都为它添加过某种新的特质。我们通常说文学是人学，文学要描写人。”

但是，重新反思文学与政治的关系不等于彻底地否定文学的意识形态性，1990 年吴元迈先生的《文艺与意识形态》一文可谓是对新时期头十余年文学与社会形态的认识的结论性总结。文中认为将文艺直接归属于经济基础或经济因素，把文艺这种“更高的”意识形态简单化、直线化，并不是马克思主义，而是以“马克思主义权威”自居的庸俗社会学。吴先生认为“文艺确定为意识形态之一，这是马克思主义对人类文艺理论的一个重大的历史性发现”。但是，马克思坚决反对把文艺同经济基础或经济因素直接挂钩。恩格斯关于文学艺术的中介性质，即它们属于“更高的远离物质经济基础的意识形态”或“更高地悬浮于空中的思想领域”的提法，是一个极为重要的思想。在具体研究上，也开始重新校正过去对意识形态的机械理解，如在1981年上海译文出版社根据新文艺版修订并重印的《卡斯特桥市长》的“内容提要”和“译后记”中写道，“托玛斯·哈代（1840—1928年）是19世纪末英国著名的批判现实主义作家。……他的作品大都描写乡村风貌，反映资本主义渗透下乡镇人民的悲惨命运，揭露资产阶级道德和宗教观念的虚伪本质。作品描写的是19世纪初叶，资本主义在英国发展，并向农村渗透时期，发生在英国一个乡村市镇上的一出悲剧……作者通过这一悲剧的描写，在一定程度上揭示了资本主义发展给劳动人民带来的苦难，谴责了资本主义制度的不合理性”。1989年郭树文先生撰文指出，在19世纪新兴的资本主义，处于取代封建主义的上升时期，是新兴的合理制度，给社会带来进步，“其时的资产阶级道德和宗教观念，正以消除和亵渎传统旧观念而显示其强大新质，而不是虚伪无力”；而“译后记”将社会中新与旧的冲突只归结为这两个阶级的矛盾，过于简单，忽视了旧制度、旧关系和旧观念与发展中的新社会制度、新社会关系和新观念的矛盾冲突。可以说，只有充分认识社会历史发展阶段和变革时期的复杂性，并对这种复杂性做出客观的分析与判断，才是科学地运用马克思主义辩证唯物主义和历史唯物主义的体现。

朱维之先生主编的《外国文学史》（欧美卷）于1985年出版，现已出到第三版，2004年由南开大学出版社出版，其间几经修订，不断更新观念，充实内容，是这一时期较为经典的教材。朱先生的这部《外国文学史》（欧美卷）在结构安排上十分明晰：古代文学、中世纪文学、文艺复兴时期的文学、17世纪文学、18世纪文学、19世纪初期文学、19世纪中期文学、19世纪后期文学、

20 世纪前期文学。在这个大的时间框架下，对各个历史时期的代表作家进行介绍评论。在这部文学史著作中，对欧美文学的每一个历史分期都有一篇关于这一时段的文学发展的情况概述。概述部分，简要介绍了特定历史阶段的社会状况、思想意识、文艺思潮，但这种介绍不是决定论式的。作者并不着意建立历史语境与文学创作之间的关系，而是通过记录某特定历史时期的社会情况，描述了意识形态与文学发生的可能性关系。比如，在概述 17 世纪文学的时候，作者下结论说：法国古典主义是君主专制制度的产物，并用论据说明了这一观点。法国专制王权要求文学语言规范化，文学样式程式化，亨利四世时代的诗人马来伯提出诗歌要为王权服务，法国政府则通过设立奖金，笼络文人为王权服务。在这种叙述中，告诉我们的是统治集团利用手中的权力控制文学话语权的举措，这种举措最终要加入文学发展的语境中，而不是成为文学发展的决定性前提。此外，此部文学史注意借用传记性材料，借用来自批评家的非政治性评论来介绍具体作家和作品，将文学史的叙事从庸俗社会学的樊篱中拯救出来，回归到现实的地面。这样书写文学史的思路向我们传达了一条信息：那就是文学史不再是卡在决定论棋盘上不能挪动的棋子，不再是政治阴影笼罩下的一潭死水，而是可以发展为一种基于材料占有基础上的敞开型的历史叙事。

三、社会学批评的平衡期

这一历史阶段主要是指 20 世纪 90 年代以来（1992 年）至今。在 20 世纪 90 年代我国市场经济全面确立、全球化思潮不断扩大的情况下，文学社会学走过了 20 世纪 80 年代中期的介绍与酝酿区间，经过了人道主义和现代主义思潮讨论中“政治性”论辩的浸润时段，走过了从文明冲突、文化反思和文化嬗变等颇带“中性”色彩的文化研究角度来扩展内涵的发展时期，进入了探索文学在社会文化历史发展中的意义阶段。

文化研究在东西方的学术语境中的理解存在歧义。一般意义而言，它是二十世纪六七十年代以来探讨资本主义文化中文学与社会关系的各种流派的集合，内容涉及大众文化、传播机制、文化机构、文化消费、权力话语、殖民主义与后殖民主义、政治阐释学等，观察文学与社会的视角更为广阔，诸如法国夏蒂埃（Roger Chartier）书籍史研究突破过去作者、文本、读者之间封闭循环，扩展到“编辑、出版人、书商、船运商、书贩、注释者，等等”；以色列帕露许（Iris Parush）等人拓展了读者反映批评的新领域，开创阅读群体之社会性别、读书俱乐部的研究；“澳大利亚莫瑞（Simone Murray）、美国安德鲁（Dudley Andrew）等人关于文学与电影改编之关系的新探讨，细致地拓宽了文学社会学的各个领域”。20世纪90年代以来，王宁、盛宁、郑敏、王逢振、王岳川、张京媛、陈晓明等一批学者致力于国外新历史主义、后殖民理论、女权主义等文化理论的介绍和研究，中国社会科学出版社的“知识分子图书馆”“传播与文化译丛”，商务印书馆的“现代性研究译丛”“文化和传播译丛”，中央编译出版社的“大众文化研究译丛”，南京大学“当代学术棱镜译丛”等系列译著的出版，都极大地推动了文化研究的发展。

文化批评的兴起在李赋宁教授任总主编的三卷本《欧洲文学史》中得到了充分的体现。该书对中世纪文学进行了客观的评价，消除了贬低中世纪文学的偏见，不再简单武断地把基督教定位于“精神统治工具”，指责其“从精神上麻痹人民”并对其进行否定，而是认同了基督教文化对于西方文学的意义。新编《欧洲文学史》克服了单一价值判断的偏颇态度，对中世纪复杂面貌进行了详细的分析，清晰地揭示了中世纪思想的三大“古典源泉”，同时肯定其对西欧文化发展的进步意义。与过去将德国浪漫派视为颓废、消极不同，新编《欧洲文学史》认为其“将狂飙突进运动所崇尚的情感更推前一步，将文学的创作看成是个体心灵的表现，从而使作品融合作家的个性，并打破了只把创作主体看成是模仿和反映客观世界的工具这一僵死的传统观念，最终使文学的立足点由客观转向了主观”。在评价作品时，完全突破传统社会学批评的单一性倾向，“它营造了自我、欲望、理想与社会网络、时代变迁、主导性意识形成之间的张力，最终则取得某种调和，允许在基本的社会框架内有一定程度的自我实现。”在对《简·爱》的解读中，充分吸收了女性主义文学研究的成果，“书中的伯莎·梅森的形象尤其引起关注，关在楼顶的疯女人和小简爱被关在红房间几乎致疯的情节被看成同一母题的回旋重复与强化，伯莎的纵火倾向和折磨着简的内心怒火也有同一指向，故可将伯莎看成简的性格中为社会所不容的一个侧面，而简的人生之旅必须直面这一隐秘的自我，才能达到身心体魄的健康。”在论述19世纪英国浪漫主义诗人时，编撰者回顾了拜伦、雪莱与“湖畔派”等诗人在过去两个世纪中世人评价的历史轨迹，揭示了不同文化背景和历史氛围对“期待视野”的影响，显示出接受美学的介入。再如对康拉德的评价：“虽然他的小说中有不少人物仍带有传统人道主义的思想痕迹，但总体来说，康拉德的作品在不同程度上有意识或无意识地反映出欧洲中心主义情结。”这种评论显然是运用了后殖民主义的文学理论话语。

当代文学社会学批评虽然采用女性主义、种族主义、后殖民主义、新历史主义等多样性的话语实践，但是，总体而言，文化研究本身都有一种或明或暗的“政治旨趣”，尤其是福柯的《话语的秩序》、哈贝尔斯的《作为意识形态的技术与科学》、伊格尔顿的《美学意识形态》、杰姆逊的《政治无意识》、丹尼尔·贝尔的《意识形态的终结》等一系列理论著作的问世，标志着文化政治理论的兴盛发达。这种情形使种种当代话语实践批评倒向政治旨趣，从而使文化研究具有明显的批判性介入特征。弗雷德里克·詹姆逊强调，政治阐释具有优越性，“它不把政治视角当作某种补充方法，不将其作为当下流行的其他阐释方法——精神分析或神话批评的、文体的、伦理的、结构的方法的选择性辅助，而是作为一切阅读和一切阐释的绝对视域。”他还将这一道理推广到其他所有社会文本：“一切事物都是社会的和历史的，事实上，一切事物‘说到底’都是政治的。”布鲁姆对此深感忧虑，“在现今世界上的大学里，文学教学已被政治化了：我们不再有大学，只有政治正确的庙堂。文学批评如今已被‘文化批评’所取代，这是一种由伪马克思主义、伪女性主义以及各种法国/海德格尔式的时髦东西所组成的奇观。西方经典已被各种诸如此类的十字军运动所代替，如后殖民主义、多元文化主义族裔研究，以及各种关于性倾向的奇谈怪论。”也就是说，就文化批评本质而言，“解构”瓦解了文学与其他文类的界限，等于重新否定了文学的自足性和审美性，使得社会学批评再次彻底政治化，只是其体系和话语更为复杂。

这种文学批评的走向令人担忧。盛宁先生对国内的学术跟风现象评价说：“人家搞女权主义/女性主义，我们也搞女权主义/女性主义，人家搞非裔美国文学，我们也搞非裔美国文学，像托妮·莫里森或艾丽丝·沃克这样的作家，既是黑人，又是女性，于是就越加左右逢源，一下子红遍了天……对于重要的经典作家的研究也不是没有，然而研究的视角却基本上都是政治性的，看重的是作品告诉了我们什么：读康拉德，从他书中去抠对待殖民主义的态度；读福克纳，读的是美国南方在对待农奴、黑人、妇女等问题上的态度；读亨利·詹姆斯，读他对待古老的欧洲与美洲新大陆两种不同文化的态度，读他对于笔下女性的态度，甚至他的一些极为次要的短篇小说中的儿童形象，也硬要把他们阐释成由其父母所代表的男女两性性别冲突的牺牲品。”如何将文学社会学批评或文化批评从浓重的社会政治化倾向中解放出来，是当前外国文学研究亟须反思的问题。

2012年11月8日，吴元迈先生在《文艺报》发表了长篇访谈，我们可以把这篇文章看成是对当前我国文学社会学批评的一次总结。在这篇文章中，吴元迈先生指出：多年来我国文学界和批评界跟着西方文论跑，搞得我们自己把“文学是什么”和“文学批评是什么”这个最基本的问题忘掉了。吴先生以其深厚的学术功力，用简短的文字为我们勾画了各种现代西方文学理论的弊端。当代的西方文论，似乎“不再同文学创作发生关系，而且还力图使文学批评与文学批评的对象、文学研究和文学研究的对象平起平坐、平分秋色，使之成为一种理论与理论之间的对话，而不是它们同对象之间的对话。于是，它们热衷和关注的，是文学领域之外的其他各种理论。结果便导致西方文学批评理论和文学研究的‘入侵者’纷至沓来，例如，有来自自然科学领域的控制论、信息论、系统论和模式论等；有来自社会科学和人文科学的符号学、人类学、弗洛伊德主义、原型学、集体无意识、新历史主义、女权主义、后殖民主义、结构主义和解构主义等。其实，这些批评理论当中有好多并不是为文学批评和文学研究所设，如女性主义等”。同样，他也指出：“那种把文学理论搞成各种意识形态大拼盘或大杂烩的做法，实质上既否定了文学理论的相对独立性，也否定了它自身的本性和特点，这是文学理论的非文学理论化。”“应该清醒地看到，20 世纪以来的外国文学，除其成就和奉献以外，存在的问题多多。拿文学创作流派和理论批评学派来说，其最主要的问题无不集中在如何对待一系列核心命题上，诸如客体与主体之关系、文本间性与主体间性之关系、存在与意识之关系、内容与形式之关系、生活与艺术之关系、语言与历史之关系、外部研究（外部规律）与内部研究（内部规律）之关系、时代性与文学性之关系等。这些核心命题或二项对立的关系，构成了或哲学或美学或文学或艺术的基石，而如何科学地对待它们，则成了文学领域的一块永恒试金石。然而很遗憾，恰恰是在这些核心命题或二项对立关系上，20 世纪以来的文学及其理论批评几乎都出了问题和毛病，不是把前者就是把后者片面化绝对化，而最终殊途同归，都未能看到两者之间的桥梁中介及其辩证统一的关系。也就是说，它们总是从一种片面走向另一种片面，从一个极端走向另一个极端，虽然它们对某一点或某个方面的阐述不无合理的内核和有益的成分，但从总体看，它们没有走向全面和真理，最终成了一朵不结果实的花。”在不同文化和文学的关系上，吴先生也指出：“必须从学理上讲明文化的相异性与文化的相同性的相互关系，把它们看成是一个问题的两个方面，如同一枚银币那样，互为存在，不可分割。也就是说，两者都具有同样的意义与价值，不可偏废。”可以说，直到今天，我们的文学社会学批评，才有了更为辩证的意识。

思想舆论环境的变化、国外批评理论的引进以及一代代学者的艰苦探索，为新中国 70 年的社会学批评发展创造了条件。总体来看，经验与教训包括三个方面：一是要不断审视“社会”和文学的内涵与外延，拓展文学和社会生产的多维性和复杂性，差异、冲突与争辩才是调整新知识秩序的源泉。过去将历史统一于政治的一体化逻辑的批评方式抹杀了社会发展的差异性，也抹杀了文学知识秩序的差异性。中华人民共和国成立后最初 30 年由于机械反映论的滥用和唯政治话语，使得文学社会学批评常常与庸俗社会学混为一谈。科学的马克思主义社会学批评应该尊重辩证法，既反对“内部规律”绝对化，也反对将“外部规律”与文学的关系绝对化，不可顾此失彼，流于偏颇。二是注重文学的内部研究。国外学术界数百年来一直有优秀的“内部研究”传统，尤其是现代专注于文本语言结构的结构主义、符号学、新批评等所谓纯文学研究方法，虽然与外在社会语境没有直接关系，但是这种研究体现了对文学自身所固有的审美属性和文本特殊属性的尊重，当下的文化研究固然摆脱以文本为中心的琐屑，却拒斥了经典文学，颠覆和瓦解一切秩序。三是注重问题意识。文学社会学批评自身是一个开放的、充满活力的理论形态。在服膺于文学研究的价值本位的前提下，作为一种很强的社会实践性理论，文学社会学批评要以文学为话语中介，介入社会的思想批判，关注当代社会的问题，有意识地介入当下社会与文学变革的关系问题，并探索其深远的历史寓意。文学社会学批评应该在文学作品的生产、传播、消费等社会现实践和文化思想实践中进行。

第三节　世界文学背景下的外国文学研究

在中国的语境下讨论世界文学背景下的外国文学研究的成败得失，要基于这样一个观点：中国的外国文学研究究竟在中国的人文学科各分支学科中占有何种地位？中国的外国文学研究有未跻身中国的文学研究主流？中国的外国文学研究在国际上的地位如何？只有回答了上述三个问题后才能探讨世界文学背景下外国文学研究的未来走向。

此外，中国的外国文学研究与目前国际学界公认的学科比较文学与世界文学学科并不对等，这样就造成了外国文学无法像比较文学、美学以及文学理论等学科那样与国际同行有着频繁的交流和平等的对话，甚至跻身于自己相对应的国际学术组织中。这也许正是中国的外国文学学科所处的一个十分尴尬的位置的原因所在。

在当今中国的众多学科划分中，人文学科无疑处于边缘地位，而在这些处于边缘地位的诸学科中，我们虽然经常按照这样的顺序来排列人文学科的各分支学科：文学、历史和哲学，但是若根据实际情况则应该倒过来排序，也即哲学、历史和文学。作为人文社会科学诸学科之领头羊，哲学显然可以向整个人文社会科学提供世界观和方法论，因此具有领军的作用；历史则常常被人认为具有科学性和客观性，尤其具有记载重大历史事件的功能，因而在人文学科中位居第二也不足为奇。这样文学就只能屈居第三了，其地位略高于各艺术分支学科。而在文学学科中，由于中国文学研究的对象是我们中华民族优秀文化的结晶，因此，它的地位理应排在外国文学之前，这样看来，研究中国文学的学科自然也就大大地高于研究外国文学的学科。这完全可以从今天国家社会科学基金所包括的各种等级的科研项目的数量比上见出端倪。从国内文学研究的各个一级学会的设立也可见这种不对等的例子：研究中国文学的学者组织了 20 多个国家一级学会，而研究外国文学的学者却只能屈居在一个无所不包的中国外国文学学会之下。

众所周知，中国作为世界上最古老的文明古国之一，有着悠久的文化与文学的历史和丰富的文学资源。早在盛唐时期，中国文学已经达到了世界文学的巅峰，而那时的西方文学的发源地欧洲却处于黑暗的中世纪。蜚声世界文坛的西方作家但丁、莎士比亚、歌德、巴尔扎克和托尔斯泰的出现也远远晚于与他们地位相当的中国作家屈原、陶渊明、李白、杜甫、李商隐和苏轼。可以说，中国古代文学的发展基本上是自满自足的，很少受外来影响，尤其是来自西方的影响，这显然与当时中国的综合国力不无关系。受儒家文化影响的中国人曾一度认为自己处于一个幅员辽阔、人口众多的“中央帝国”，甚至以“天下”自居，而周围的邻国则不是生活在这个“中央帝国”的阴影之下，就是不得不对强大的中国俯首称臣。这些国家在当时的中国人眼里，只是“未开化”的“蛮夷”，甚至连欧洲也不在中国人的眼里。但曾几何时，这种情况却发生了戏剧性的变化，昔日处于黑暗的中世纪的欧洲经历了文艺复兴的洗礼和资产阶级革命，再加之英国的工业革命和美国的建国等诸多事件，到了19世纪末和20世纪初，西方国家一跃而从边缘进入世界的中心，而昔日的“中央帝国”却由于腐朽无能的封建统治而很快沦落为一个二流的大国和穷国。不仅西方列强的“八国联军”长驱直入占领了中国的京城和大片土地，就连其面积和人口均大大小于中国的日本帝国也将其铁蹄踏上中国的国土，蹂躏中国人民。一般人总会认为，弱国无文化，即使有也很难引起世人瞩目。在中国的国际地位急转直下的情况下，中国文化和文学也退居到了世界文化和文学版图的边缘地位。

为了起到唤起民众、团结抗敌的作用，一批中国知识分子把目光转向西方世界，试图通过大量地翻译国外，尤其是西方的文学作品和人文学术著作来达到启蒙国人的目的。更有人将文学的作用夸大到一个不恰当的地位，因此，在这样一个崇尚“拿来主义”的时期，外国文学确实是颇受重视的。一些有着现代先锋意识的中国作家甚至坦率直白地承认，自己所受到的外国文学的影响大多来自中国文学的启迪。但即使在这样的情形下，人们似乎更重视外国文学的翻译和介绍，而非外国文学的研究。除了极少数既从事外国文学翻译同时又从事中国文学创作和文学研究的佼佼者外，大多数在高校从事外国文学教学和研究的学者至多不过充当教书匠的作用，很少对社会发生任何实质性的影响。可以说，中国的外国文学研究者只能在边缘地带不时地发出一种独特的声音，这种声音有时强劲，而在更多的时候却十分微弱。每当政治风云变幻时，也是外国文学首当其冲，遭到无尽的打压和批判，直到“文化大革命”中，连莎士比亚、歌德、托尔斯泰这样的受到马克思主义创始人高度评价且举世公认的世界文学经典作家也遭到了无情的批判。尽管“文革”结束后，外国文学翻译迎来了新的高潮，外国文学研究也迎来了自己的春天，外国文学研究者从边缘步入中心，再次充当了新时期文化建设的先锋，他们不时地以引进的外来文化理论思潮和翻译过来的外国文学作品来参与中国的文学和文化建设。但是所到起到的作用仍远远不如他们的中国文学研究同行。

综上所述，人们便萌发了另一个问题：中国的外国文学研究为什么会处于这样的边缘地位呢？简单地回答这个问题是无济于事的，我们还得从根子上找原因。我认为，除了教育体制和科研主管部门不予重视外，我们也应该从自身来找原因。

不可否认，中国的外国文学研究无论在数量上和质量上以及在学科的重要程度上，长期以来都无法与本国的文学研究相比，这在很大程度上取决于我国的外国文学研究者在理论视角和研究方法上较之国际同行的滞后性。但正如前面所说的，即使在当代中国，外国文学研究也有过自己的黄金时代或蜜月。人们也许还记得，当中国刚刚结束持续十年之久的“文化大革命”之后，国门打开了，封闭已久之后域外的新风一旦吹进来，就在国内产生了极大的效应。当时的外国文学研究者确实在中国的文学研究领域内充当了排头兵和学术先锋的角色：开放之初就率先在学界为现实主义和人道主义正名，涉及如何评价西方文学，包括对西方浪漫主义和现实主义文学的重新评价；随后又率先在国内学界掀起了“现代派文学”的讨论。毫无疑问，关于“现代派文学”的讨论在国内学术界产生了较大的反响，对当时的中国当代文学创作和理论批评都起到了某种程度上的“拨乱反正”和引领潮流的作用。但是若从一个更为广阔的国际视角来看，或者说与在当时的国际学术界已经如火如荼的关于后现代主义问题的讨论相比，我们的这些在很大程度上缺乏与外界交流的学术讨论和理论争鸣，便显出大大落后于国际学术同行的研究。应该承认，这时中国的外国文学学者只能是紧跟在西方学者后面亦步亦趋。力求比较完整地、准确地将西方的现代主义理论及文学介绍到中国，因此在当时，外国文学研究者确实扮演了一个启蒙者的角色。

随着国门的进一步打开，以及西方后现代主义文学和理论进入中国，随着大量西方学术理论思潮通过翻译的中介蜂拥进入中文世界，国内学界终于在这个层面上几乎接近了国际同行的研究，其中少数思想敏锐并有着卓越的英语写作才能的学者更是能自觉地用中国文学创作中的例子来和西方的后现代理论家进行平等的直接对话，并在相当程度上改变了国际后现代主义研究领域内实际上存在着的“欧洲中心主义”或“西方中心主义”的既定格局。如今，后现代主义早已成为历史或新的“经典”，在告别了“后现代主义”

之后，中国的外国文学研究者还能有何作为？可以说，面对大量的外国文学作品和理论著作的译者介入中国，这时的外国文学研究者曾经所起过的先锋和启蒙作用便黯然失色了。毕竟较之中文系的教师和研究人员，外国文学研究者无论在理论素养还是在中文表达方面都大大地逊色，国内专门发表外国文学研究成果的期刊也大大地少于中国文学期刊。此外，从事外国文学教学和研究的学者往往并不关注中国文学的创作和理论批评，有意无意地把自己置于一个封闭的状态中。这也正是为什么外国文学研究越来越在中国的人文学科以及文学研究中处于边缘地位的重要原因。

可以说，这时的外国文学研究在中国的人文学科中扮演了一个虽不显赫但又不可缺少的角色，因为改革开放中的中国要走向世界就势必要了解世界，而要了解世界就要掌握世界上的主要语言，这样看来，不少在高校从事外国文学研究的学者首先要承担的任务是要搞好外语教学，以自己的外语所长不时地向国内学界介绍域外的最新理论思潮和文学作品。但久而久之，许多外国文学研究者在不遗余力地向国人介绍外国文学及其理论思潮的同时，却忘记了自身外语写作和学术交流水平的提高以及中国文学知识的积累，因而面对国际同行时常常无话可说，或者说了一些无关痛痒的话也不能引起国际同行的关注。这也是中国的外国文学研究者很少在国际学术期刊上发表论文的原因所在。客观地说，并非这些学者的语言表达不够好，而更是因为他们的学术水平未达到与国际同行平等对话的境地，再加之很少受到学术写作的训练，因此久而久之便很难写出达到在国际学术刊物上发表水平的论文，这确实是中国的外国文学研究者的悲哀。

走向世界文学语境下的外国文学研究在当前的中外学界，“世界文学”已经成为一个前沿理论话题，毫无疑问，世界文学的再度兴起，为我们的外国文学研究提供了一个广阔的平台。人们不禁要问，为什么在全球化的语境下，“世界文学”这一话题不仅为比较文学学者所谈论，而且也为不少国别（民族）文学研究者所谈论？因为人们就这个话题有话可说，而且从事民族（国别）文学研究的学者也发现，他们所从事的民族（国别）文学研究实际上正是世界文学的一部分。但是对于世界文学在这里的真实含义究竟是什么仍然不断地引发人们的讨论甚至争论。我们都知道，“世界文学”这一术语是德国作家和思想家歌德在1827年和青年学子艾克曼谈话时创造出来的一个充满了“乌托邦”幻想色彩的概念（虽然在那以前作家魏兰曾使用过这个术语），当时年逾古稀的歌德在读了一些包括中国文学在内的非西方文学作品后总结道，“诗是人类共有的精神财富，这一点在各个地方的所有时代的成百上千的人那里都有所体现……民族文学现在算不了什么，世界文学的时代已快来临。现在每一个人都应该发挥自己的作用，使它早日来临。”具有反讽意味的是，歌德当年之所以提出“世界文学”的概念，在很大程度上得助于他对包括中国文学在内的非西方文学的阅读，今天的中国读者们也许已经忘记了歌德读过的《好逑传》《老生儿》《花笺记》和《玉娇梨》这样一些在中国文学史上并不占重要地位的作品，但正是这些作品启发了年逾古稀的歌德，使他得出了“世界文学”概念。这一点颇值得比较文学和外国文学学者深思。

实际上，在歌德之前，世界上不同的民族（国别）文学就已经通过翻译开始了交流和沟通。在启蒙时期的欧洲，甚至出现过一种世界文学的发展方向。但是在当时，呼唤世界文学的出现在相当长的一段时间内只是停留于一种乌托邦式的幻想和推测阶段。马克思和恩格斯在考察了资本在全世界范围内的扩张和发展后总结道：“物质的生产是如此，精神的生产也是如此。各民族的精神产品成了公共的财产。民族的片面性和局限性日益成为不可能，于是由许多种民族的和地方的文学形成了一种世界的文学。”马恩所说的世界文学较之歌德早年的狭窄概念已经大大地拓展了，实际上专指一种包括所有知识生产的世界文化。在这里，一种具有审美特征的乌托邦想象已经发展演变成一个社会现实。用于外国文学的研究，我们不能仅仅关注单一的民族（国别）文学现象，还要将其置于一个更加广阔的国际视野下来比较和考察。我们今天若从学科的角度来看，世界文学实际上就是比较文学的早期雏形，它在某种程度上就产生自经济和金融全球化的过程。为了在当前的全球化时代凸显文学和文化研究的作用，我们自然应当具有一种比较的和国际的眼光来研究文学现象，这样我们就有可能在文学研究中取得进展。这也许正是我们在中国的语境下，要把外国文学的研究放在一个广阔的全球文化和世界文学语境下的重要意义。

在今天的世界文学语境下，传统的民族（国别）文学的疆界变得越来越模糊，没有哪位文学研究者能够声称自己的研究只涉及一种民族（国别）文学，而不参照其他的文学或社会文化背景知识，因为跨越民族疆界的各种文化和文学潮流已经打上了区域性或全球性的印记。在这个意义上说来，世界文学也就带有了“超民族的”（transnational）或“翻译的”（translational）的意义，意味着共同的审美特征和深远的社会影响。没有翻译的中介，一些文学作品充其量只能在其他文化和文学传统中处于“死亡”或“边缘化”的状态。同样，一些本来仅具有民族（国别）影响的文学作品经过翻译的中介将产生世界性的知名度和影响，因而在另一些文化语境中获得持续的生命或来世生命。而另一些作品也许会在这样的过程中由于本身的可译性不明显或译者的误译而失去其原有的意义和价值，因为它们不适应特定的文化或文学接受土壤。

正如已故荷兰学者杜威·佛克马所注意到的，当我们谈到世界文学时，我们通常采取两种不同的态度：文化相对主义和文化普遍主义。前者强调的是不同的民族文学所具有的平等价值，后者则更为强调其普遍的共同的审美和价值判断标准，这一点尤其体现于通过翻译来编辑文学作品选的工作。他的理论前瞻性已经为今天比较文学界对全球化现象的关注所证实。例如，戴维·戴姆拉什（David Damrosch）的《什么是世界文学？》（*What Is World Literature*？，2003）就把世界文学界定为一种文学生产、出版和流通的范畴，而不只是把这一术语用于价值评估的目的。他的另一本近著《如何阅读世界文学》（*How to Read World Literature*，2009）中，更是通过具体的例证说明，一位诺贝尔文学奖获得者的作品是如何通过翻译的中介旅行到世界各地进而成为世界文学的。当然，世界文学这一术语也可用来评估文学作品的客观影响范围，这在某些方面倒是比较接近马克思和恩格斯的原意。因此，在佛克马看来，在讨论世界文学时，“往往会出现两个重要的问题。其一是普遍主义与文化相对主义之间的困难关系。世界文学的概念预设了人类具有相同的资质和能力这一普遍的概念。”因此，以一种国际公认的标准来评价不同的民族和语言所产生出的文学作品的普世价值就成了包括诺贝尔文学奖在内的不少重要国际文学奖项所依循的原则。但是，正如全球化在不同的文化语境中的实现在很大程度上取决于它与本土实践的协调，人们对世界文学的理解和把握也不尽相同。考察各民族用不同语言写作的文学作品也是如此，即使是用同一种语言表达的两种不同的文学作品，例如英国文学和加拿大文学，其中的差别也是显而易见的，因而一些英语文学研究者便在英美文学研究之外又创立了一门国际学科——英语文学研究（international English literature studies），他们关注的重点是那些用“小写的英语”（english）或不同形式的英语（Englishes）写作的后殖民地文学。这样，在承认文学具有共同的美学价值的同时，也应当承认各民族（国别）文学的相对性，因此，在对待具体作品时，不妨采用一种文化相对主义的态度来评价产生自不同民族和国家的文学。在我看来，将上述两种态度结合起来，我们就能得出较为公允的结论：一种世界性的文学正是通过不同的语言来表达的，因此世界文学也应该是一个复数的形式。也就是说，我们应该有两种形式的世界文学：作为总体的世界文学（world literature）和具体的世界各国的文学（world literatures）。前者指评价文学所具有的世界性意义的最高水平的普遍准则，后者则指世界各国文学的不同表现和再现形式，包括翻译和接受的形式。

如前所述，世界文学既然是一个动态的概念，而且它在不同的时代和不同的语境中呈现为不同的形式，那么评价一部文学作品是否属于世界文学也就应当有不同的标准。一方面，我们主张，衡量一部作品是否称得上世界文学应有一个共同的标准；但是另一方面，我们又必须考虑到各国（民族）文化之间的巨大差异，兼顾到世界文学在地理上的分布，也即这种标准之于不同的国别（民族）文学时又有其相对性。否则一部世界文学发展史就永远摆脱不了“欧洲中心主义”的藩篱。由于文学是一种独特的意识形态形式，因此对之的评价难免政治和意识形态倾向性的干预。但是尽管如此，判断一部文学作品是否属于世界文学，仍然应该有一个相对客观公认的标准。根据目前各种世界级的文学奖项的评选和一些主要的世界文学选集的编选原则，我认为，它基本上依循了这样五个原则：①它是否把握了特定的时代精神；②它的影响是否超越了本民族或本语言的界限；③它是否收入后来的研究者编选的文学经典选集；④它是否能够进入大学课堂成为教科书；⑤它是否在另一语境下受到批评性的讨论和学术研究。在上述五个原则，第一、二和第五个原则是具有普遍意义的，而第三和第四个原则则带有一定的人为性，因而仅具有相对的意义。但若从上述五个原则来综合考察，我们才能够比较客观公正地判定一部作品是否属于世界文学。

我们在承认上述评价标准时，实际上也为我们研究世界文学确立了一些基本的方法。这些方法具体体现在以下三个方面。

第一，世界文学为我们提供了一个了解“世界”的窗口，使我们通过阅读文学作品了解到处于遥远的国度的人们的生活和民族风貌。前面提到的歌德之所以提出“世界文学”的概念，在很大程度上就受到他所阅读的包括中国文学在内的东方文学的启发。虽然这些作品在中国文学史上并不占有重要的地位，但却促使歌德去联想进而发现世界各国的文学都具有一些共通的东西。同样，当我们阅读一部作品时，我们并非生活在真空中，我们势必要依循那部作品所提供的场景去联想，那里的场景究竟与我们所生活的国度有何不同，那里的生活习惯与我们的生活有何差异。西方人长久以来所形成的“东方主义”的思维定势在很大程度上就是通过阅读一些东方文学作品所逐渐形成的，同样，东方人头脑里的“西方主义”的定势也在很大程度上依赖于人们通过阅读西方文学进而接触西方文化而逐渐形成的。因此就这一点而言，阅读世界文学为我们打开了一扇窗户，使我们的阅读处于一种开放的状态中。

第二，世界文学赋予我们一种阅读和评价具体文学作品的比较的和国际的视角，使我们在阅读某一部具体作品时，能够自觉地将其与我们所读过的世界文学名著相比较，从而得出对该作品的社会和美学价值客观公正的评价。例如，当我们读到歌德的《浮士德》时，马上就可以将其与莎士比亚的剧作相比较，因而在我们的头脑中形成一种概念：这个人物一定是一个悲剧性的人物，他代表了德国的民族精神，展现了德国的时代风貌，因而整个剧作标志着欧洲文学的另一高峰。同样，当我们阅读鲁迅的《阿Q正传》等作品时，也会自觉地联想到鲁迅所受到的一些外国作家作品的影响，经过一番比较和思考，我们就能判定，这部作品所塑造的人物是世界文学史上独一无二的，他完全可以和那些进入世界文学宝库的独具个性的人物相媲美，因而这部作品应该成为一部具有世界意义的文学杰作。

第三，世界文学赋予我们一个广阔的视野，它在另一方面也使得我们在对具体的作品进行阅读和评价的同时有可能对处于动态的世界文学本身进行新的建构和重构。前些年，在中国当代文坛，曾发生过一起“顾彬事件”，即德国汉学家顾彬针对中国当代文学提出了尖锐的批评。现在回过头来思考，我们应该承认，顾彬的外语技能确实是令人佩服的，他的中国文学知识也高于一般的汉学家，也许正因为如此，据《青年报》记者的报道，顾彬才觉得中国当代文学最大的问题，是作家的语言太差了：“因为他们大多不懂外语，不懂外语就无法直接从外国文学的语言中吸取养分，而只限于自己的摸索。”顾彬告诉记者，在1949年以前，很多中国作家的外语都非常好，这使得他们写出了很多优秀作品，比如鲁迅和郭沫若的日文就很好，林语堂的英语也很棒。反对顾彬这番话的人完全可以从另一方面进行反驳：尽管顾彬所提到的这些作家确实能用不止一种外语进行阅读，但除了林语堂能够并且已经用英文在国外发表作品外，其余的作家的外语水平也仅仅停留在阅读或将外国作品译成中文的有限水平，但这并没有妨碍他们走向世界进而成为世界性的大作家。因此就这一点而言，顾彬的观点近乎偏颇。其实，我们若从世界文学所提供的广阔视野来看，我们就能看出，顾彬所依循的是世界文学的视野，他试图用世界文学的标准来评价中国当代文学，因此在他眼里，能够称得上世界文学的作品就寥寥无几了。他虽然并未要求中国作家用外语创作，但却对中国当代作家提出了很高的要求，也即他们究竟是仅仅为本国的当代读者写作还是为更广大的国际读者写作？他们所探讨的究竟是仅限于特定时代的特殊问题还是人类生存的根本问题？随着时间的推移和历史的筛选，他们的作品在未来还会有读者去阅读吗？当我们从上述一系列问题来思考时就会发现顾彬提出的批评虽很尖锐但却有其道理，而不会怪罪他对中国态度不友好了。

现在我们再回过头来看看这个问题：为什么中国的外国文学研究处于边缘的状态？因为研究者的研究成果并未达到国际水平，同时也未能紧跟国际前沿学科理论的研究并且发出中国学者的独特声音。再者，他们对国内的文学研究也未产生较大的影响。因而随着中国的综合国力的提升，中国文化和文学的地位也会逐步攀升，在一个全球化的时代，越来越多的人都掌握了一两门外语并能阅读外国文学原著时，外国文学研究者的作用又体现在何处呢？这就促使我们一定要把我们的研究置于一个广阔的世界文学语境下，用一种国际标准来检验我们的研究，这样我们就能发挥我们的特长，使我们的扎实的研究成果不仅能得到国际同行的承认，同时也能回过头来给国内的文学研究带来域外的新风。由此看来，把外国文学置于世界文学的语境下是十分必要的。

第四节　文化人类学视野中的外国文学研究

一、外国文学研究中的文化人类学视角

我国新时期以来的比较文学与外国文学研究，伴随着文学理论与文学批评界的新理论译介与新方法讨论大潮，激荡出丰富多彩的跨学科研究探索方式与路径，拓展了研究者的知识结构与多元视野，积累下相当丰厚的经验遗产。其中文化人类学的理论与方法所带来的启发与知识融合现象十分引人注目。文化人类学发展到如今已经趋向于形成一个有自己的理论系统（文化多级编码论）和方法论（四重证据法）的本土化新兴交叉学科。其标志性的学术事件有三：其一是 1996 年中国比较文学学会的第五届年会（长春）成立的分会——“中国文学人类学研究会”；其二是 2010 年获得立项的国家社科基金重大招标项目——“中国文学人类学理论与方法研究”（中国社会科学院

文学研究所与上海交大等合作）；其三是 2012 年 8 月教育部举办全国高校首届文学人类学青年骨干教师高级研讨班，以集中师资培训的方式将这一新学科的理论和方法向全国高校做示范性推广。与同期进入中国学界的其他理论方法流派，如精神分析学派、文学心理学派、结构主义学派、女性主义学派、文学社会学派等相比，文学人类学派之所以能够在中国本土学术土壤中生根开花结果，形成新学科和新学派，一个重要的因素就是有全国性的学术组织（中国比较文学学会，及其下属的中国文学人类学研究会）的鼎力支持，充分自觉地探索人文研究创新的方法论，并能够三十年如一日坚持不懈地追求学术的自我超越和自我完善。2010 年问世的中国社会科学院研究生院重点教材《文学人类学教程》，较集中地体现着这一交叉学科的创新特色，即如何将文化人类学视野作为本土文化自觉的出发点，对西学东渐以来一百多年的文学教育做出批判性改造，尝试给出文学概论教学的升级版。

就当代学术源流而言，文学人类学研究群体力量的形成，始于 20 世纪 80 年代引进的神话原型批评实践。早在 20 世纪 90 年代初期，方克强《文学人类学批评》一书就指出："神话原型批评和文学人类学之间是一种从属关系"，文学人类学在"神话原型"之外还包括"原始主义批评"。如今看来，这种分类的准确性虽然值得探讨，在原型批评和文学人类学之间分出一个"原始主义"，其积极意义是将文学人类学置于世界范围的原始主义思潮之中，这就预示着其与西方后现代思潮的联系，尤其是人类学转向后的文化自觉与文化寻根之学术背景。方克强认为是原始主义批评担当了文学人类学中社会学、人类学的职能，而神话原型批评则担当着心理学、文学的部分。这样的划分法显得有些机械。实际的情况往往是彼此难分难解的。"原始"和"原型"的语义指向有其交叉、重叠之处。作者在用原始主义对新文学的中国梦做阐释时，也不可避免地使用了"原型"，认为中国近代的文化复兴是为了追寻失落的民族梦，文学领域中"五四"以来的新文学运动以鲁迅、沈从文、张承志为代表所追寻的中国梦可分反原始主义的梦、原始主义的梦、现代原始主义的梦三种类型；这三种类型在各自的作品中分别代表了一种原型象征：

食人者象征（《狂人日记》），女神象征（《边城》），母亲象征（《黑骏马》）。在分析原始主义和新时期寻根文学时，方克强力图说明西方现代派作品如《荒原》《尤利西斯》和“寻根”文学的理论亲缘关系，其中有卢梭的“高贵的野蛮人”，泰勒的“原始人心智并不低下”，列维—斯特劳斯的“我们要忠实于野性思维的启迪”，另有关于原始生活质量高于现代人之说，以及精神医学方面的荣格学说：印第安人的境况比现代文明社会令人满意得多。可见原始主义观念的形成离不开文化人类学的新知识新观念。在某种意义上，原始主义可作为反现代性的全球文化寻根运动之组成部分，其所针对的问题是现代社会的病态及其不可持续的危险走向。林科吉博士论文《从神话原型批评迈向文学人类学——中国文学人类学的兴起》认为，中国文学人类学的兴起是西方理论在中国旅行的结果，原型批评理论引进国内产生了两个重大的影响，一是促使学界重估神话学和民间文艺的学科价值，二是和人类学捆绑在一起的原型批评方法的运用，参与了中国现代学术的重构。从学理的角度看，是神话原型批评学者“迅速地拥抱了”人类学。因为，文学文本背后是文化文本，文学原型背后是文化原型。顺着这个逻辑，从原型批评到文学人类学，反映的是20世纪80年代到20世纪90年代的本土学术自觉与变革追求。

早期的研究者把文学人类学定位为一个跨学科的领域，主要着眼于文学与人类学的互动作用，重新审视原始与文明的关系，“主张到田野去，到原居民的现实生活中去体验文学，从内部去认识文化”，且认为“中国文学人类学的研究特色是田野作业和文本研究相互促进”，而原型批评的核心则是寻找“文化原型”。这样的阐述属于新学科兴起之际的权宜之计，旨在避免画地为牢和自我束缚，更好地投入研究实践。程金城曾经发问说：“人类的心理原型，包括文学原型，是由作为文学的神话故事引申出来的呢，还是由人在自己的历史实践过程中体现出来的？”他在《原型批判与重释》中给出研究案例，旨在说明原型实践可以向两个方向努力，一个是心理原型，另一个是文化原型。如中国艺术的精神原型探究，其分析路径是联系周易“观物取象”的美学思维，证明《易经》中所包含的原型美学体现着中国艺术的精神品格。再如关于俄罗斯的“文化原型”研究，阐释方式是通过地缘政治因素分析，得出俄罗斯文化原型的特征：由于俄罗斯帝国经常处于战争的威胁中，所以产生了坚韧和尚武的精神；“由于大自然的任性和不可预见性而产生的恐惧感及严酷的生活的经验，孕育了对强权的崇拜”。这就是原型研究从文学走向文化的例子，对应着文化人类学中有关文化—人格的模式理论。类似的思路还表现在张德明的《人类学诗学》等著作中。胡志毅的《神话与仪式：戏剧的原型阐释》（学林出版社，2001 年）、彭兆荣的《文学与仪式》（北京大学出版社，2004 年）等书，代表着文学人类学的另一种研究路径：从人类学的仪式理论进入文学，从酒神仪式入手探析西方文学悲剧精神的由来和演变。此外学界还有中西对照的研究范式，如《英雄与太阳》（上海社会科学院出版社，1991 年）一书，对照巴比伦英雄史诗的叙事模式与母题系列，解析中国的后羿神话叙事母题，重构出华夏失落的英雄史诗框架；《高唐神女与维纳斯——中西文化中的爱与美主题》（中国社会科学出版社，1997 年；陕西人民出版社，2005 年）对照考察性爱与美的观念在中国文化和西亚、欧洲文化中发生，采用的是比较神话学和主题学相结合的研究路径；《圣经比喻》（广西师范大学出版社，2003 年）、《太阳女神的沉浮——日本文学中的女性原型》（陕西人民出版社，2012 年）和《原型与跨文化阐释》（暨南大学出版社，2003 年）则分别侧重比较文学研究的源流影响关系，将原型批评和文化研究熔为一炉。作为 20 世纪末年问世的“文学人类学论丛”之一的《文学与治疗》，把跨学科视角引入文学本体作用的探讨，用中外作家的大量案例说明如今文学理论教科书完全忽略的重要方面。

2008 年 10 月召开的中国比较文学学会第九届年会暨国际学术讨论会，主题为“多元文化互动中的文学对话”，充分体现出文学研究的“人类学转向”特色：以追问文学的文化多样性和社会功能为问题取向，突出地方性知识的特殊视角。乐黛云在会上提出文学人类学是中国比较文学研究成就突出的一派，值得发扬光大。徐新建发言《成人与救治——关于文学的人类学讨论》认为，在使人成人的过程中，文学帮助自我和群体得以完成，实现了人类表述和被表述的需要。如今，被“现代性”裹挟的人类渐成病体，文学有望通过自我观照而使人在警醒后获救。黄中祥的《哈萨克族巫师——巴克斯的演唱功能》以声情并茂的多媒体展示哈萨克族巫师驱邪、占卜、治病的情况。可见，剥离具体情境的所谓的“文学”（歌词），是不能单独发挥作用的。柳晓以当代美国作家梯姆·奥布莱恩的越战经历与小说创作为例，从创作者的角度说明创伤叙事所具有文学治疗作用。在现代性社会危机四伏的现状下，如何发挥文学的精神医学和社会治疗作用，显得尤为迫切。

文化人类学作为20世纪发展起来的新学科，在对所谓的异族文化进行广泛深入的调查的基础上，发现了“原始民族”生存的智慧，积累了大量地方性知识和文化多样性的经验，认识到文化优劣并不能以科技与物质的先进与否来判断，这样就构成对启蒙以来资本主义现代性价值体系的质疑和对欧洲中心主义的挑战，这是人类学贡献给人类的一笔宝贵的思想财富并成为后现代思想的重要资源。20世纪末叶以来，在比较文学和整个人文研究领域内出现的“人类学转向”（Anthropological Turn）是百年积累下来的跨学科研究大趋势的结果，而文学人类学正是立足于跨文化、跨学科的视阈，从族群、生态、民俗、口头传统、神话、宗教信仰与仪式等多重角度来拓展文学的研究空间。外国文学研究中偏重西方大国文学的现象，正在随着后殖民批判时代的到来而得到改观。重建以族群为基本单位的全球文学新景观，已经提上研究者的议事日程，并提升到一种“学术伦理”。

二、八面雅典娜：希腊神话的多元文化编码

一则希腊谚语说“把猫头鹰带到雅典去”，意味着多此一举，因为雅典有很多猫头鹰，那是由一位猫头鹰女神雅典娜命名的城市。

从人类文明起源看，最初的城市大都围绕神庙发展起来。雅典城的中心是卫城，而卫城的中心则是供奉着雅典娜神像的宏伟神庙，人称帕提农神庙。公元前6世纪，由雅典娜守护下的雅典城在文明兴衰的马拉松式竞争中脱颖而出，成为整个西方文明的起点之都。古希腊人常常把一切神圣的荣耀都归结到这位全副武装的处女神。让她不仅主管武艺和战争之事，还拥有超群的

聪明智慧、发明并兼管冶金、纺织、驯马、造船等一切文明技艺之事。研究表明：雅典娜女神不是希腊人独自想象出来的形象，她和其他希腊女神一样，源于更早的地中海文明的女神崇拜传统，是融合了多种古老文化要素后被希腊人再造而成的。简言之，雅典娜的直接原型是迈锡尼和克里特的米诺斯文明的女性主神兼王室守护神；其间接的原型则需追溯到史前新石器时代的鸟女神和鸮女神。正因为源远流长和屡经长期改造，雅典娜留在希腊文明中的形象特征才显得复杂多样。本节将其简单归纳为八副面孔：①女武士形象的战神；②不为男性所动心的处女神；③文明技艺的发明和守护神；④智慧之神；⑤以猫头鹰为标记的神；⑥操蛇之神；⑦阿基琉斯从惊异中转过身子，当即认出了城市守护神；⑧由父亲生育出的神。因篇幅关系，本节将探讨第一和第二副面孔的渊源流变。

（一）女战神

雅典娜在文学中的第一次露面是在荷马史诗《伊里亚特》。其第一卷讲希腊联军的主将阿基琉斯与统帅阿伽门农之间因为争夺特洛伊女子而引起愤怒，雅典娜女神受天后赫拉的差遣，从天界下凡，来调解希腊军队内部的冲突。雅典娜降临后，悄悄站在阿基琉斯身后，用手抓住他的头发。由于女神下凡后只对阿基琉斯一人显现，“别人全都不见她的模样”。（《伊里亚特》1.198）于是荷马率先通过史诗主人公阿基琉斯的眼睛和话语来描绘雅典娜的外在特征：帕拉丝·雅典娜，从那双眼睛，亮得可怕。他吐出长了翅膀的话语，对女神说讲：“为何再次降临，现在，带埃吉斯的宙斯的姑娘？……”

雅典娜的第一外观特征是“眼睛亮得可怕”，这和下文形容雅典娜为“灰眼睛”（《伊里亚特》1.206）形成描写上的前后矛盾，让读者摸不着头脑。眼睛的“灰”与“亮”是怎样的关联呢？这一描写恰是来自神鸟猫头鹰眼睛的特征。阿基琉斯对雅典娜说的第一句话就是称呼她为“带埃吉斯的宙斯的姑娘”。雅典娜为宙斯所生，埃吉斯则是一种神明特有的超级武器，是锻造之神赫淮斯托斯为宙斯打造的（《伊里亚特》15.309）。宙斯生出雅典娜时，就是手持武器的女子，表明其身份是以武装为特色的女战神。战争既然主要是男人之间的厮杀，十二主神中已有一位男性战神阿瑞斯，为什么还让一位女性神明来掌管战事，充当奥林匹斯山上的巾帼英雄呢？荷马对此没有疑虑，雅典娜作为女战神是那个时代尽人皆知的。威力无比的埃吉斯神盾成为女神在希腊人心目中的第一印象，请看《伊里亚特》第二卷所描写的战神雅典娜和她的无敌神盾再度呈现的场景：

信使们奔走呼号，队伍很快聚合起来。
首领们，这些宙斯哺育的王者，和阿伽门农一起
四处奔跑，整顿队伍。灰眼睛的雅典娜活跃在
他们中间，带着那面埃吉斯，贵重的、永恒的、永不败坏的
珍宝，边沿飘舞着一百条金质的流苏，
流苏织工精致，每条都抵得上一百头牛的换价。
挟着埃吉斯的闪光，女神穿行在阿开亚人的队伍，督促他们前进，在每一个战士的心里
激发起连续战斗的勇气和力量。
其时，在他们看来，比之驾着深旷的海船，
返回亲爱的故乡，战斗是一件更为甜美的事情。

雅典娜能在希腊的每一位战士心里激起连续战斗的勇气和力量，形成以战斗为荣的观念，这是父权制社会暴力所铸塑出的好战价值观的体现。奇特的只是这种好战观念之源为何要追溯到女神。换言之，雅典娜的好战是与生俱来的本性。这一点，只要熟悉她出生的神话情节，就容易理解了。

赫西俄德的《神谱》（第924—926行）这样描述雅典娜的诞生："宙斯从自己的头脑里生出明眸女神特里托革尼亚。她是一位可怕的、呼啸呐喊的将军，一位渴望喧嚷和战争厮杀的不可战胜的女王。"

赫西俄德还接着写到一些细节，如雅典娜还是宙斯肚子里的胎儿时就已经接受了神盾："有了它，她的力量便超过了住在奥林波斯的一切神灵。（这神盾成为雅典娜可怕的武器。）宙斯生下雅典娜时，她便手持神盾、全身武装披挂。"无比珍贵的神盾，仅仅是上面佩饰的一百条金质流苏，总价值就

相当于一万头牛，这是天神宙斯威力无比的象征物，也成为宙斯的子女阿波罗、雅典娜共同的象征物。如《伊里亚特》第十五卷 229 行，就讲到神盾埃吉斯在阿波罗手中所发挥的神奇战术功效。不过，在希腊造型艺术中，太阳神阿波罗的武器标志物通常为弓箭，盾牌与矛枪才是雅典娜最常见的标志物。短兵器所意味的短兵相接之肉搏战，是怎样的残暴而血腥，希腊人为何要让一位女神来掌管武力和战事呢?

古希腊医药之父希波克拉底在《气候水土论》中讲到希腊以东的黑海地区的斯基泰人，就给出一个强烈的他者文化印象：阿马松或亚马逊（Amason），对一种女性武士集团的可怕记忆。希波克拉底写道："欧罗巴有个斯基泰（Seythina）种人，住在马科提斯湖周围，他们与其他种族不同。他们的名字叫索罗马泰（Sauromatae）。他们的妇女在未嫁时一直学骑马、射箭、投标枪、打猎，并同敌人战斗，在杀死三个敌人之前一直要做处女，在完成她们的传统神圣仪式前不能结婚。一个找到丈夫的妇女不再骑马，只有在大探险中才被迫这样做。她们没有右乳房，因为她们还是婴儿时，母亲就拿烧红的专用铜制器械烧烤右乳房使它脱落。于是右乳房不再生长，而她的全部力量和血肉都集中在右肩和右手。"斯基泰人与希腊人同属印欧语系的民族，希腊人作为航海民族，其主要生活区域在爱琴海的希腊半岛，而斯基泰人作为游牧民族，其生活区域却覆盖着整个欧亚大陆的中央草原。按照少见多怪的认识原理，地理上的距离和文化上的差异，使希腊人对斯基泰人的描绘半真半假，亚马逊这样的女武士集团形象，一旦被多位希腊知识人写到书本中，就会形成以讹传讹的刻板印象，积重难返。如果要问：西方文明最早的医学理论家，为什么写下如此天方夜谭般的远方民族志叙事？后世的西方学者多把有关阿马松人的记录看成希腊神话的重要发明，甚至希腊第一位历史学家希罗多德在《历史》中的同类记载，也被视为子虚乌有的想象。不过要是把这种女性武装者的形象，作为探讨希腊人对女战神想象的一个文化源头，还是十分贴切的。至少有四点吻合之处：第一点即两者都是戎装的女性武士形象。第二点是都强调处女身份。第三点是都为骑马的女性：阿马松人本是草原上的游牧生活的骑马民族；雅典娜则还被说成是希腊本地驯马技术的发明人。第四点是两者和蛇的关系：雅典娜的多种面孔之一即是蛇女神；而亚马逊人被视为蛇女人的后代，其母亲的形象是一半人一半蛇。以上四点对应处足以揭示一段不为人知的文化关系隐情。

关于雅典娜的起源研究，一直都是热烈讨论却悬而未决的难点。大致归纳起来，约有五种观点：希腊起源说，迈锡尼起源说，克里特起源说，埃及起源说和西亚起源说。较前沿的观点来自神话学家兼考古学家金芭塔丝的研究。她依据新石器时代欧洲和西亚的广泛考古图像材料，认为史前期艺术中的蛇、鸟、熊等形象，常常作为女神化身而出现。而女神的职能在于兼管死亡与再生。史前的再生女神或母神进入地中海文明时代后，相应地分化为各国的地方性女神，包括雅典娜的五种起源说在内，古老文明万神殿中的所有女神，无疑都应溯源到史前的女神崇拜传统。

我们今日可用“大传统”和“小传统”重新划分的理论去统括之，将前文字时代的女神崇拜视为大传统，将文字记录的书写文明之女神视为小传统。参照希罗多德和希波克拉底的亚马逊（即阿马松）女性武士描述情况，可以提出雅典娜形象来源的第六种看法：斯基泰文化亚马逊起源说。

近年来的考古发现提供了远古时代确实存在女性武士的证据。英国考古学和性学专家提摩西·泰勒著有《性的史前史》一书，该书第 8 章题为“萨满与女武士”，采用最新发掘的欧洲史前女性墓葬材料，来为希罗多德《历史》中记录的斯基泰人女武士传奇做实物证明。书中写道：“20 世纪中叶，当位于铁列克（Terek）河畔、高加索山脉的墓穴被挖掘开的时候，最先引起人们注意的是女武士们的墓葬。在一处墓穴里躺卧着一具壮年女性的残骸，随葬物品包括一顶头盔、一束箭镞，一块石饼和一把铁刀。附近的一系列位于奥乌尔·斯捷潘·兹敏达（AulStepan Zminda）的墓穴中埋葬着许多女武士和她们的坐骑，时代晚于西徐亚（Scythian）时期。围绕着乌克兰谢陶慕吕克（Chertomlyk）王室古冢进行的现代挖掘发现了五十座坟冢，其中四座具有典型的‘亚马逊’形式：第一具尸骸的背部嵌入了一枚箭头，第二具尸骸拥有一副厚重的铁盾，第三具有一个幼小的孩子，第四具显示的状态似乎与希罗多德和希波克拉底的描述略有不同。”

提摩西·泰勒还举出如下考古案例：四十座女武士的墓葬坐落在西徐亚地区，在萨乌罗马提亚（Sauromatia）大约有 20% 的黑铁时代的武士坟墓都是女性。其实这一比率可能还低估了实际情况。通过与现代的人口对照，这些尸骸已经做了性别鉴定，结果显示她们具有更高频的“男子汉”特征。根据希波克拉底所言，这些亚马逊女人能够管理自己的生殖生活，这意味着她们使用口头的繁殖力操控。

关于亚马逊女武士的威力，早已形成西方的典型传奇。如有一则关于女性力量的传说，体现在亚马逊妇女身上。这则神话流传广泛，以至于在 16 世纪当葡萄牙的探险者在巴西雨林中发现一群战斗的女人时，他们理所当然地把这个地区和其主要河流命名为亚马逊河。Amazon 确切的意义已经无从考证，但是按照古希腊语中 a 和 mazos 的组合形式，存在一种可能的解释，就是“缺少一只乳房的”。根据传说，阿马松妇女只有一只乳房。这是骑马射箭习性的需要塑造出来的，还是像雅典娜那样从父亲头颅中生育出来就如此的呢?

总之，女战神的形象中融合着异族女武士的文化元素。斯基泰文化中的女武士群像，给希腊文化中想象的女战神提供了素材。

（二）处女神

亚马逊女武士群像之所以能够牵动一代又一代西方人的想象，除了猎奇好异的成分，还有非常现实的原因，那就是女武士们的处女身份，对于成年男性而言，这永远意味着女性的贞洁和德行。根据希波克拉底的记述，女武士的特殊身份伴随着仪式性的分界标记：一旦完成杀死三个敌人的战斗功绩，她就可以不再是女武士，而是和常人一样嫁人成家，变成常规社会中的妻子和母亲。由此看来，处女与非处女的分界，恰恰也是女武士存在与否的前提条件。找到丈夫并且成家的亚马逊女子，在失去其处女身份的同时也要失去其女武士的身份。女武士和处女，就这样成为这一类特殊女性人格的双面表现。而雅典娜也正是将这双面人格体现于一身的。

一般在各个文明古国的神话体系中，男神占据主宰的和中心的地位，女神作为陪衬和附属的地位，这种性别上的不平等秩序，是由父权制社会制度所决定的。以人们最熟悉的二元对立范式来区分，神灵世界的成员通常从性别上区分为男神和女神，从价值上区分则有善神与恶神，从地位上区分，则有主神与下属神，等等。而希腊神话则特别关注女神群体内部的二元对立划分：处女神和非处女神。十二主神中有五位女神，其中两位属于标准版的处女神，即雅典娜和阿尔特弥斯，她们既无男性的配偶，也不和任何男性发生性关系。一位属于非标准版的处女神，即阿佛洛狄忒。她作为爱情女神，不光有丈夫赫淮斯托斯，还有众多男性情人。尽管如此，阿佛洛狄忒一年一度的圣泉沐浴仪式，还是被古典学专家们解读为恢复女神处女性的象征：爱神恢复其处女性意味着大地也恢复其处女性。那么两位标准的希腊处女神，又是依据什么样的神话逻辑得到文化编码的呢？

简·赫丽生的观点认为，雅典娜的别名叫“帕尔特诺斯”（Parthenos），意即“处女”，她的神庙也因此被称为“帕尔特农”（Parthenon）神庙——处女的闺阁。她坚决地拒绝生儿育女，但按照古老的母权社会传统，她作为养母养育了许多英雄。雅典娜的另一个别名“帕拉斯”，也被解说为处女的意思。斯特拉博在讨论埃及底比斯人的崇拜时说：“他们把一个出身高贵的美貌少女献给宙斯，因为他们崇拜他胜过崇拜其他所有的神灵。希腊人把这些少女叫作帕拉德斯。”问题是，雅典娜的身份不同于被献祭给神的凡间少女，希腊神话为什么会特别关注女神是否处女的问题？安妮·巴林和朱尔斯·卡什福德提示说：在苏美尔女神伊南娜和巴比伦女神易士塔的崇拜观念中，两位女神也被认为拥有处女性，不过这种神圣想象中的处女性并非指身体的特征，而是一种抽象化的生命力观念：月亮不依赖任何外在力量就能自己恢复生命力，从月缺状态恢复到月满状态，就像女神不依赖任何男性力量的参与，就能独自完成大自然生命力的复苏，带来大地的开花结果一样。就此而言，处女性意味着生命力的完整性。民间献祭处女给生命母神的宗教习俗，是凡人用参与的方式强化生命母神的生命力之循环。可是从西亚古文明神话到希腊神话，女神的处女性想象空间已经基本被改变了。无论是阿尔特弥斯还是雅典娜，处女的身份成为一种必须得到捍卫的对象。不允许任何男性对此有任何冒犯，凡冒犯者定遭报应。公元前5世纪希腊作家斐瑞库得斯（Pherekydes）的说法：一位叫忒瑞希阿斯（Tiresias）预言师，就因为偷窥雅典娜沐浴——象征性地侵犯了处女神的贞洁，结果被女神弄瞎双眼。这则神话中潜伏着处女禁忌的观念，隐约透露出性别文化战争的意味，其生成的历史原因，在结论部分探讨。

还有一位奥林匹斯神家族的成员——火神赫淮斯托斯被雅典娜的美色所吸引，有一次试图强奸她，雅典娜奋力挣脱，火神的精液流在她的腿上。雅典娜将这精液洒到大地上，结果使得大地母神盖娅受孕，生育出一个男孩。雅典娜把男孩放入一只篮子盖好，让三位雅典公主照看孩子，但不许她们偷看。三位公主忍不住好奇，揭开罩在篮子上的帘子，不料篮子里出现的是蛇，吓得偷窥者们全部都疯了。后来这位蛇孩就做了雅典的早期国王。这一则神话同样表现雅典娜处女神的身份不容侵犯。本来要成为她孕育的孩子，结果却鬼使神差地成为地母盖娅的孩子。雅典娜为捍卫其女性纯洁，必须拒绝成为母亲，只能充当孩子的养母。希腊神话对女性贞洁的强调，已达到登峰造极的地步。蛇孩的想象则在蛇女神与雅典王权之间做出关联性铺垫。不过，在雅典的新年礼俗中，处女神身份中潜含的生命力完整之意蕴，还是若隐若现。瓦尔特·伯克特《希腊宗教》一书讲到新旧年份的更替礼俗：古代社会新年的时间一般有两种可能：在春天或者在收割谷物的时候，雅典的新年属于后者：新年开始于7月份的Hekatombaion月的泛雅典娜节。关于该节日，文献描绘是这样的：祭司们从一些贵族家庭里选取一些女孩子为女神编织外衣，打扮女神，然后一大群男孩子将女神的雕像抬到大海里冲洗，再将净化后的雕像带回来。雅典还有一个比较特殊的庆典，叫作Skira节日，是一个女人的庆典。在这个庆典期间，女人们从各自的家庭里走出来，聚集在一个地方，举行一些仪式。这个仪式禁止男人们参加。这种禁止男人参与的季节性仪式，类同于欧洲父权制社会中保留的妇女放荡进犯习俗：让女性在一年之中的某一个特殊日子，用痛打男人的方式，宣泄父权制社会建立以来的性别压迫和压抑。人类学者谢苗诺夫将古希腊的地母节和酒神节都解释为妇女放荡进犯的产物："不过，昔日放荡进犯的一些特征表现得最明显的，还是古希腊的酒神节，那是最原始的只有妇女参加的节日。据普鲁塔赫记载，过酒神节时，妇女们狂怒地扑向被看作男性植物的常春藤，并把它撕得粉碎。欧理庇德斯著的悲剧《酒神女祭司》中，关于参加这个节庆的妇女扯碎彭透斯的传说，就证明酒神节起源于妇女的放荡进犯。"由此看，希腊神话对女神处女身份的强调本身，也隐含着父权社会现实中对逝去的女神文明的某种追忆。

三、文化人类学视角中的外国文学研究成果概要

文化人类学为文学研究提供了批评理论和批评方法，文学研究的不少视角大都可以在文化人类学理论那里"获得非常方便的知识参照"。本节将选取研究成果相对集中的理论视角，如原始主义、神话学、原型批评、仪式批评等，分别叙述它们应用于外国文学研究的批评成果。

（一）原始主义

在中国期刊网上用关键词"原始主义"搜索，截至 2021 年 8 月，共有 279 条结果，研究领域涉及音乐、绘画、影视和文学。其中外国文学研究方向有 89 条。最早把原始主义理论运用于外国文学研究的学者是张德明。他在《原始的回归——论现代主义文学中的原始主义》（《当代外国文学》，1998 年第 2 期）一文中分析了现代主义所具有的原始主义与先锋精神的复合体的特性，并归纳了外国文学作品中原始主义的四种主要倾向：强调血性意识，借用和再造神话质素，对非主流文化的迷恋和对梦幻世界的追求。文章还分析了原始主义的美学特征：美学境界的"契合性"，话语方式的原创性，狂欢化色彩，风格和体裁的含混性等。叶舒宪在《论 20 世纪文学与人类学的同构互动——从超现实主义到魔幻现实主义》（《中文自学指导》，2001 年第 3 期）一文中研究了超现实主义和魔幻现实主义中的原始主义价值取向。方克强在《原始主义与文学批评》（《学术月刊》，2009 年第 2 期）一文中具体

分析了劳伦斯、毛姆和戈尔丁的作品，论证了原始主义文学的三种价值倾向：原始主义、半原始主义和反原始主义，并指出了原始主义文学批评和文化人类学的多种关联。

除了以上的理论探索外，更多的论文对外国文学作品作了原始主义视角的解读。如付景川、卢国荣的《凯瑟、福克纳和海明威原始主义倾向的生态关怀》（《东北师大学报》，2009 年第 2 期），该文分析了“古老的原始生活”和“自然与动物崇拜”等原始主义的内容在外国文学作品中的体现。翟乃海的《原始主义和福克纳批评》（《山东外语教学》，2009 年第 6 期）从神话宗教母题、“高贵野蛮人”、神秘的仪式性、理想性诗意性的美学特性等方面分析了福克纳作品中的原始主义倾向。这类研究还有聂庆娟的《麦尔维尔小说的原始主义创作倾向》（《青岛农业大学学报》，2012 年第 3 期），杨波的《原始主义与现代自我意识》（《求是学刊》，1990 年第 4 期），李素苗的《人类学神话：艾略特、乔伊斯和列维—布留尔》（《国外文学》，1994 年第 4 期），关晶、徐德斌的《“迷惘者”的突围——海明威“原始”情节研究》（《东北师大学报》，2012 年第 3 期），柳东林的《海明威的原始主义倾向与禅意分析》（《当代文坛》，2011 年第 6 期），数量最多的是研究劳伦斯与原始主义的文章，有 10 篇左右。也有文章分析了国外少数族裔作家笔下的原始主义，如张琼的《瞻“前”顾“后”之悟——论谭恩美作品中的新原始主义元素》（《四川外国语学院学报》，2005 年第 1 期），刘彬的《原始主义与非裔美国文学——评 20 世纪前及哈莱姆文艺复兴时期的非裔美国文学》（《外语教学》，2011 年第 6 期）和《“他者”的诱惑：〈他们眼望上苍〉中的原始主义》（《贵州民族学院学报》，2011 年第 5 期），黎跃进的《东方原始主义与民族精神——论哈基姆的长篇小说〈灵魂归来〉》（《国外文学》，1998 年第 1 期）等。以上研究中对原始主义的认识并不一致。文化人类学意义上的原始主义指的是从神话、宗教、图腾、仪式、传说中寻找精神与力量，自然主义的原始主义是一种推崇自然、质朴与本真的文化价值观念和情感倾向。原始主义作为意义未定的临时性用语，目前学界对这些不确定问题的分析还不够透彻。

（二）仪式研究

仪式是人类学的一个核心术语，仪式理论研究在国外已蔚为大观。中国学界的仪式研究主要集中在戏曲、神话、诗歌和民歌等体裁方面，在外国文学领域研究成果并不丰富。据统计，中国期刊网上与人类学仪式理论视野中的外国文学研究相关的文章有30篇左右。其中，《外国文学评论》杂志上刊载的五篇文章最有代表性。如胡亚敏的《20世纪的神话仪式——读劳伦斯的〈太阳〉》（《外国文学评论》，1999年第3期），用太阳神和大地女神结合的仪式来比拟茱莉亚在意大利海边的礁石上接受日光浴这一场景，分析了古老仪式的运用如何升华了主题，并从影响研究的角度分析了劳伦斯本人所受到的人类学思想的影响。姜萌萌的《集体的情感感悟与心理体验——〈被埋葬的孩子〉的仪式原型解读》（《外国文学评论》，2006年第2期）用神王死亡再生仪式和成人仪式来分析小说的故事情节和人物类型，指出了行动细节和人类学仪式之间的联系。陈礼珍的文章《视线交织的"圆形监狱"——〈妻子与女儿〉的道德驱魔仪式》（《外国文学评论》，2012年第1期）把哈瑞特小姐以贵族身份为莫莉恢复贞洁名誉的一系列行为和驱魔仪式联系起来，探析了作者所受到的文化学、社会学方面的影响。与以上文章着眼于单部作品研究不同，徐丹的《倾空的器皿：成年仪式与欧美文学中的成长主题》（上海三联书店，2013年）一书以点带面，涉及了大量欧美关于成长主题的民间童话和小说，给我们提供了一个用成年仪式原型理论来阐释作品群的批评实践。

另外值得一提的是彭兆荣的仪式研究。他是中国学界仪式批评的重要学者，他梳理和介绍的国外仪式理论也很有价值。他在《文学与仪式：文学人类学的一个文化视野——酒神及其祭祀仪式的发生学原理》（北京大学出版社，2004年）一书中，介绍了国外许多运用仪式理论分析文学作品的著名例子。例如，穆雷的《希腊史诗的诞生》认为，所谓"诱拐海伦"，其实不过是斯巴达和萨摩斯之间的一种掠夺婚的仪式；又如，维斯顿的《从仪式到传奇》

提出，仪式与中世纪的传奇有一种渊源关系。作者本人从仪式理论的视角对莎士比亚的戏剧所做的阐释，也让人耳目一新。

作为文学批评理论的仪式研究，最大的问题是文本中仪式的界定问题。文学中的仪式象征较难确定，比较模糊，因此有些文章随意阐发的成分较重。此外，还未有从宏观角度来研究文学作品中神话仪式的变迁和遗留现象，文化方面的阐释也显薄弱。

（三）原型批评

在所有跟人类学密切相关的批评方法中，原型批评的运用取得了最为丰富的成果。中国学界已经翻译了原型理论的一些重要的理论经典。较早关注原型批评理论的学者有张溪隆、叶舒宪、盛宁、张中载、方克强和程金城等人。叶舒宪在《神话—原型批评》一书的导言中介绍了神话原型批评的理论渊源、神话与原型概念的由来和发展、弗莱的原型批评理论体系、原型批评方法的几种不同倾向（仪式研究、心理学研究、文化价值研究、语义学和语用学研究）等。外国文学界的原型批评研究成果虽然在质量和数量上无法跟中国文学界相比，但也呈现出了欣欣向荣的态势，用关键词“原型批评”在“世界文学”领域里搜索，截至 2021 年 8 月，相关成果已经 700 余项，足见研究之盛。

运用原型理论解读作品的深层意蕴和人物内涵是最主要的研究类型。如刘连祥的《〈圣经〉伊甸园神话与母亲原型》（《外国文学评论》，1990 年第 1 期）分析了《圣经》中母亲原型的种种表现。杜志卿、张燕的《〈秀拉〉：一种神话原型的解读》（《当代外国文学》，2004 年第 2 期）认为，秀拉的命运是西方传统神话中的追寻原型、替罪羊原型和撒旦原型在特定社会历史文化语境中的置换变形。刘俐俐的《〈厄歇尔府的倒塌〉的现代阐释》（《外国文学研究》，2003 年第 4 期）分析了该作品通过魔怪意象和死而复生原型的移用来实现文学性的文学叙事。蒲若茜的《对〈呼啸山庄〉中希斯克利夫和凯瑟琳的爱的原型分析》（《暨南学报》，1997 年第 2 期）把希斯克利夫与凯瑟琳的爱和希腊神话中的爱的原型进行了对比研究；《对〈呼啸山庄〉复仇主题的原型分析》（《四川外国语学院学报》，2002 年第 5 期）则用原型批评方法对比研究了《呼啸山庄》的复仇主题与欧里庇得斯《美狄亚》的复仇主题，文章认为希斯克利夫的塑造就是对美狄亚神话原型的“移用”。这类研究数量最多，水平参差不齐。有的研究运用原型理论解读某类相似的文化现象和文学作品群，如叶舒宪的文章《数字“七”之谜——兼谈原型研究对比较文学的启示》（《外国文学评论》，1990 年第 1 期）。数字“七”作为结构素在东西方不同民族的神话、宗教仪式、歌谣、民间故事中反复出现，文章通过分析这一文化现象，探究了其中隐藏的人类神话思维中的时间意识和宇宙象征意义。田俊武的《简论纳撒尼尔·霍桑小说中的“夜行”叙事》（《国外文学》，2012 年第 4 期）一文深入分析了霍桑作品中的“夜行”叙事，指出了“夜行”叙事与霍桑的童年经历和他的阴暗心理之间的关联。这方面的文章还有王海燕的《美国小说中的英雄原型形象解析》（《华中农业大学学报》，2009 年第 6 期）和章重远《此岸与彼岸——西方哥特小说中的“隔绝”原型》（《外国文学》，2000 年第 2 期）等。

综上所述，文化人类学视角下的外国文学研究已取得不少成果，但仍存在不少问题，传播人类学、生态人类学、结构主义人类学等理论和方法还可以更广泛地运用到相关的研究中。除了研究文本外，还可研究含有人类学特点的写作，把文学研究还原到多元文化的大语境中。运用人类学理论进行作家作品解读的批评实践成果颇丰，但研究对象过于集中，有的仍停留在简单比附。因此，文化人类学视角下的外国文学研究在视野上和深度上都有待开拓和深化，但前景是可以期待的。

第五节　文学伦理学批评视野中的外国文学研究

一、文学伦理学批评的内涵与特点

我国改革开放以来，大量西方的文学批评被介绍引入中国，形成我国文学批评中西融合、多元共存局面，推动着我国文学批评的发展。对翻译介绍进入中国的西方文学批评方法进行考察，可以大致把它们分为三类：一是强调形式价值的形式主义批评，如20世纪在中国大行其道的以俄国形式主义、英美新批评和结构主义为代表的形式主义批评。二是注重分析在具体的社会关系和环境中文化是如何表现自身和受制于社会与政治制度的文化批评。在文学研究领域，这种批评方法强调从文化的角度研究文学，如文化与权力、文化与意识形态霸权等之间的关系，是20世纪末我国文学研究中主要的批评方法之一。三是从政治和社会角度研究文学的批评方法，如女性主义批评、生态批评、新历史主义批评、后殖理论等。尽管上述批评用于文学研究时也展开对文学与政治、道德、性别、种族等关系的研究，展开对当代社会文化的“道德评价”或批判，但最后都还是回到了各自批评的基础如形式、文化、性别或环境的原点上，表现出伦理缺场的总体特征。

纵观文学批评方法运用的历史，文学批评方法并不完全遵守新旧交替的自然进化规律，往往是新旧并存，中西融合，相互借鉴，并在多元并存和跨学科的基础上推陈出新，催生出新的批评的方法，从而为文学批评增添新的活力。21世纪初在我国迅速发展起来的文学伦理学批评，就是在西方多种批评方法相互碰撞并借鉴吸收伦理学方法的基础上形成的一种用于研究文学的新的批评方法。中国出现的文学伦理学批评在西方批评话语中增添了中国学术的声音，为文学研究方法提供了新的选择，尤其是文学伦理学批评对文学伦理道德的关注，使它显露出新的面貌。

同西方的伦理批评相比，中国的文学伦理学批评已经有了很大不同。它是一种从伦理视角阅读、分析和阐释文学的批评方法。文学伦理学批评从起源上把文学看成道德的产物，认为文学是特定历史阶段社会伦理的表达形式，文学在本质上是关于伦理的艺术。在文学伦理学批评看来，人类为了表达伦理的需要创造了文字，然后借助文字记载生活事件和人类自己对伦理的理解，将文字组成文本，于是最初的文学就这样产生了。从伦理的意义上说，在人类制度真正产生之前，体现伦理秩序的形式是文学，如希腊的史诗和悲剧。即使在人类的社会制度形成以及有了成文法以后，文学仍然是社会制度以及不成文法的文学表现形式（我们现在往往称为艺术表现形式）。因此，文学的伦理功能是从文学产生之初就有的，尽管后来这种功能发生了变化，但是文学的伦理性质并没有改变。文学伦理学批评从本质上阐释文学的伦理功能，从伦理的视角解释文学中描写的不同生活现象及其存在的伦理原因，并对其做出价值判断。在文学伦理学批评运用的术语中，伦理的基本含义同伦理学中伦理的含义有所不同，它主要指人与人之间以及社会中存在的伦理关系及道德秩序。在现代观念中，伦理还包括了人与自然、人与宇宙之间的伦理关系。在具体的文学作品中，伦理的核心内容是人与人、人与社会以及人与自然之间形成的被接受和被认可的伦理关系，以及在这种关系的基础上形成的道德秩序和维系这种秩序的各种规范。文学伦理学批评的任务就是揭示人类社会伦理秩序的变化及其变化所引发的问题和导致的结果，为人类文明进步提供经验和教诲。

文学伦理学批评认为，由于理性的成熟，人类开始从兽中分离出来，逐渐进化成为一个在兽类基础上发展而成的独立的高级物种。把人同兽区别开来的本质特征就是人所特有的伦理意识。在我们今天看来，人类最初的伦理意识无论多么幼稚，但是人类知道从伦理混乱（chaos，又称混沌）走向伦理秩序是多么不容易，懂得伦理秩序对于人类生存和繁衍的重要性，并能够遵守最基本的伦理规则如禁忌、秩序、责任、义务等。按照文学伦理学批评的逻辑，人类由于理性而导致伦理意识的产生，这种伦理意识最初表现为对建立在血缘和亲属关系上的伦理秩序的理解与接受。伦理意识导致人类渴望用固定的形式把自己的伦理经验保存下来，以便能够留传给后代或与人类分享。正是人类的伦理意识和保存伦理经验的渴望，这才导致人类文明史上文字的产生和文学的出现。

文学伦理学批评作为方法论，它强调文学及其批评的社会责任，强调文学的教诲功能，并以此作为批评的基础。文学伦理学批评认为，文学的教诲作用是文学的基本功能，教诲的实现过程就是文学的审美过程。这一点同那些把审美看成文学本质特征的人不同。实际上，教诲在很大程度上是文学审美的结果。审美是认识美、理解美和欣赏美的一个心理接受过程，而伦理是审美的前提。就文学而言，审美是文学教诲价值的发现和实现。文学的审美只是其实现伦理价值的方法和实现伦理目标的途径，它是为文学的教诲功能服务的。文学的根本目的不在于为人类提供娱乐，而在于为人类提供从伦理角度认识社会和生活的道德范例，为人类的物质生活和精神生活提供道德启示，为人类的自我完善提供道德经验。因此，文学伦理学批评的目的就在于发现和阐释文学的教诲价值。

从人类文明发展的历史观点看，文学只是人类历史的一部分，它不能超越历史，不能脱离历史，而只能构成历史。不同历史时期的文学有其固定的属于特定历史的伦理环境和伦理语境，对文学的理解必须让文学回归属于它的伦理环境和伦理语境，这是理解文学的一个前提。由于文学是历史的产物，因此，如果我们把历史的文学放在今天的伦理环境和伦理语境中阅读，就有可能出现评价文学的伦理对立，也可称为道德判断的悖论，即合乎历史道德的文学不合今天的道德，合乎今天道德的文学不合历史的道德；历史上给以否定的文学恰好是今天应该肯定的文学，历史上肯定的文学恰好是今天需要否定的文学。但是，文学伦理学批评从历史发展的观点考察文学，用伦理的观点解释处于不同时间段上的文学，从而避免在不同伦理环境和伦理语境中理解文学时可能出现的巨大差异性。

同众多的批评方法相比，文学伦理学批评重在对文学作品本身进行客观的伦理阐释，而不是进行抽象或主观的道德评价。文学伦理学批评带有阐释批评的特点，它的主要任务是利用自己的独特方法对文学中各种社会生活现象进行客观的伦理分析、归纳和总结，而不是简单地进行好坏和善恶评价。因此，文学伦理学批评要求批评家能够进入文学的历史现场，而不是在远离历史现场的假自治环境中评价文学，甚至要求批评家自己充当文学作品中某个人物的代理人，做他们的辩护律师，从而做到理解它们。例如，莎士比亚笔下的哈姆雷特，只有我们同他站在一起，我们才会发现他在我们的评价中所受的委屈，即他在复仇过程中表现出来犹豫和软弱并不是他的性格弱点所致，而是因为他无法解决在复仇过程中所遭遇到的伦理困境，因为如果复仇他就可能犯下弑父、弑君和弑母的乱伦大罪，而如果放弃复仇则又不能履行他为父复仇的伦理义务与责任。几百年来，由于我们在一个假自治环境里讨论哈姆雷特，所以一直误读了他那句可以用我国通俗话语“如何是好”表达其伦理两难的著名独白：To be or not to be :that is the question。我们在自设的环境里，就这样把哈姆雷特苦苦思考的一个有关正义和非正义的伦理两难问题，误读成了一个有关生死的问题。

总之，文学伦理学批评的目的不在于从伦理的立场简单地对文学做出或好或坏的价值判断，而是通过伦理的解释去发现文学客观存在的伦理价值，寻找文学作品描写的生活事实的真相。文学作品的伦理价值是历史的、客观的，它不以我们今天的道德意志为转移。例如，关于俄底浦斯的悲剧，文学伦理学批评的重点不在于对他所接受的伦理观念下定义，而在于解释为什么杀父娶母的神谕会导致他的悲剧；不在于对在无意中犯罪的俄底浦斯做出或好与坏的道德判断，而在于解释他在无意中杀死父亲和娶了母亲为什么会被看成最严重的犯罪；不在于总结俄底浦斯或索福克勒斯的伦理倾向或道德立场，而在于探讨究竟是什么导致了俄底浦斯的悲剧。文学伦理学批评的根本目的在于通过对文学文本的阅读与分析而获取新的价值发现。文学批评不是批评的重复，而是追求新的理解与新的解释，并从对文学作品的阅读中寻求新的理解和启示。文学批评是一个不断向前的运动。文学伦理学批评的价值不在于论证和维护已经形成的观点或看法，而在于努力获取新的认识和理解以超越前人，从而把前人的批评向前推动。

二、文学伦理学批评在中国的传播

西方文学的伦理批评是在文学道德本质的基础上发展起来的。从古代希腊文学开始，西方文学从源头上看其本质就是伦理的。无论是荷马史诗、希腊的悲剧还是诗歌或散文，都是为了表达罗马诗人贺拉斯所归纳的一个文学主旨：寓教于乐。即使20世纪社会的伦理道德观念发生了变化，文学仍然作为伦理道德变化的艺术表现而存在。正如当代著名德性伦理学家玛莎·努斯鲍姆所说，古代希腊的悲剧以及英美的现实主义小说，都是道德哲学的组成部分，因此阅读小说“能够发展道德的官能”。正是文学的伦理本质决定了文学批评的伦理回归。

尽管文学的伦理批评有其深远的学术传统、坚实的社会基础及广阔的文化背景，但是从 19 世纪后半期开始，文学的伦理价值在文学和美学界遭到质疑。这种质疑最先出现在英国的唯美主义的思潮中。唯美主义的代表作家王尔德明确提出“为艺术而艺术”的思想，反对文学艺术与道德有关。此后在唯美主义思潮的影响下，反对用道德的眼光审视文学的声音就一直不绝于耳。20 世纪以来，西方众多的文学思潮如象征主义、表现主义、俄国形式主义、精神分析、语义学与新批评、现象学与存在主义、原型批评、结构主义、女权主义、新历史主义、后殖民主义等，几乎主导了西方的文学批评，因而也大大挤压了伦理批评的发展空间。在批评家中间，坚持王尔德唯美艺术观点的仍然不乏其人，例如，新批评的领袖人物克里林 · 布鲁克斯就坚持认为，教诲是宗教的功能，而不是诗的功能。曾经出任联邦法院首席法官的理查 · 波斯纳认为，“文学作品的道德内容和结果与它作为文学的价值无关”。他分别于 1997 年和 1998 年发表《反对伦理批评》和《反对伦理批评续》两篇文章，同伦理批评的代表人物布斯和努斯鲍姆进行论争。从布斯和努斯鲍姆同波斯纳针锋相对的争论中可以看出，伦理批评一直到 20 世纪末都还遭到一些人的反对。但是这场争论很快结束了，波斯纳的反对不仅没有阻止伦理批评的发展，也没有对伦理批评的意义和地位产生不利影响，相反吸引了更多的人关注和讨论伦理批评，把伦理批评推向了深入。

西方伦理批评遭到质疑和反对，其中一个重要原因就是伦理批评尽管源远流长，最早可以追溯到古代希腊，但是到目前为止并没有建立起一个完整的系统的理论体系，尤其是缺少自己明确的方法论。在已出版的一系列有关文学伦理学研究的著作中，也没有明确伦理批评是有关文学的伦理学研究，还是用于研究文学的一种方法。正如波斯纳所说，伦理批评在西方只是一个广义的概念，并没有作为方法论同文学伦理学区别开来。伦理批评同哲学批评、政治批评结合在一起，注重于对文学的价值判断，并不像精神分析、形式主义、结构主义等批评那样有自己明确的学术用语及批评特色。因此，伦理批评常常遭到非议也就不足为奇了。在中国，文学批评有着深厚的道德批评传统，对西方伦理批评的理解似乎不言自明，因此在20世纪80年代改革初期，尽管我国把大量的西方批评理论介绍到了中国，但是我国学术界主要的关注点仍然是各种新型文学理论和批评理论，对西方伦理批评的介绍和研究可以说是凤毛麟角。到了20世纪90年代，新的文学批评理论的出现几乎可以做到我国同西方同步，西方新理论一旦面世，必然在中国引起反响，并被人研究和运用。然而在西方各色理论中，以非理性主义为核心的理论与批评往往在中国最欢迎和追捧，而伦理批评往往被看成传统的保守的和已知的批评受到冷遇。直到20世纪末，我国鲜见对西方伦理批评的介绍。但是，还是可以见到一些研究文学的伦理问题或从伦理视角研究文学的论文，如《中世纪文学与伦理思想：爱、信、从》（唐涛，1988年），《伦理价值与中西方古代文学批评》（苏桂宁，1994年），《伊朗、中国文学中伦理观念比较谈》（李文钟，1994年），《报恩与复仇——中日文学中被伦理强化了的主题》（徐晓，1995年），《试论布斯的〈小说修辞学〉》（程锡麟，1997年）《试论基督教伦理在西方文学中的演变》（夏茵英，1997年），《尊严维护与伦理实现——中西方复仇文学中主体动机意志比较》（王立，1999年），《在破译中重建秩序——试解西方文学阅读中的伦理难题》（李迎丰，2000年），《论环境文学中的生态伦理思想》（向玉桥，2000年），《〈魔鬼与上帝〉——萨特伦理思考的文学断案》（江龙，2000年），《日本文学三鼎足作品中的伦理理念剖析》（冉毅，2000年）等。这些论文表明，有关文学与伦理及道德的问题，仍然是中国学者关心的问题之一。

在上述论文中，四川大学的程锡麟教授在1997年《外国文学评论》第4期上发表于的《试论布斯的〈小说修辞学〉》一文，可能是中国最早研究和介绍西方伦理批评的论文。这篇论文对《小说修辞学》的重要内容和观点做了梳理和总结，提出了一系列诸如“隐含作者”（隐含作者实际上是就是读者的道德指导者）、“可靠的和不可靠的叙述者”“戏剧化和非戏剧化的叙述者”、视点理论等观点，重点强调了小说的道德和教化作用等。这篇论文让中国更多的人认识到小说同伦理的关系问题，是后来文学伦理学批评产生之前在中国产生了重要影响的论文之一。程锡麟教授还于 2000 年在《四川大学学报》第 1 期上发表了《析布斯的小说伦理学》一文，第一次全面系统地把布斯的《小说伦理学》介绍到中国。这部名为《我们所交的伙伴——小说伦理学》不仅集中体现布斯伦理批评的思想，而且也是美国伦理批评的代表性著作。论文对《小说伦理学》的语境、理论构架、基本观点和批评实践进行全面梳理和归纳总结，既有精当的引用，又有准确的评述。这篇论文在介绍和总结布斯的伦理批评的同时，又把西方的伦理批评传统以及其他伦理批评家的观点结合在一起，细加评说。应该说，这是我国第二篇介绍美国伦理批评的论文。2001 年，程锡麟和王晓路教授共同出版了《当代美国小说理论》一书。这是我国第一本系统研究美国小说理论的专著，不仅对当代美国小说主要理论的代表人物及其代表性著作有较为系统全面的介绍，客观阐述和评价了各自的理论基础、主要观点及其影响，而且还设专节介绍了布斯的文学伦理学。通过翻译进入我国的有关伦理批评的著作、发表和出版的我国学者研究伦理批评的著述文字，让我国读者不仅更多地认识了布斯，而且对西方的伦理批评也有了较深的理解，这对于我国后来文学伦理学批评的发展起了重要作用。

除了我国学者的著述而外，必须提到美国伦理批评家韦恩·布斯的《小说修辞学》在中国的翻译出版。布斯是芝加哥大学教授，美国伦理批评的代表人物，被称为“文学批评家的批评家”和“20 世纪后半叶卓越的批评家之一”，于 2005 年 10 月去世。布斯的《小说修辞学》出版于 1961 年，不仅是布斯伦理学批评的代表作品之一，而且是布斯整个伦理批评体系的基础。布斯选择一系列重要作家，以伦理为主线，阐述了从中世纪作家薄伽丘到当代法国小说家格里耶的欧洲小说发展演变的历史。这部著作于 1987 经由周宪教授等人翻译，北京大学出版社出版。同年，广西人民出版社也出版了由付礼翻译的《小说修辞学》。布斯的《小说修辞学》在中国的翻译及出版，扩大了这部著作在中国的影响，对我国的文艺理论建设产生了很大的推动作用。2009 年 6 月，由周宪教授主编的《修辞的复兴：韦恩·布斯精粹》一书由译林出版社出版。这部译文集精心选择了 17 篇布斯的经典之作编选成书，可以从中窥视布斯整个伦理批评思想的发展过程。

有关西方伦理批评的研究和介绍，还有两篇值得一提的论文。一篇是《文艺研究》杂志发表的《艺术的伦理批评与审美批评》（凌海衡编译，2003 年第 6 期）。这篇文章虽然只是以厄尔·卡洛尔提出的“适度的道德主义”和贝里斯·高特的“伦理主义”（ethicism）作为个案讨论艺术与道德及美学关系的问题，并没有涉及文学中的伦理批评的话题，但是文中讨论的艺术与道德及审美的关系，却是与伦理批评密切相关的基本问题。另一篇是刘英教授在《南开学报》（2006 年第 5 期）上发表的论文《回归抑或转向：后现代语境下的美国文学伦理学批评》。刘英的这篇论文从宏观上对西方伦理批评的代表人物进行归纳评述，从微观上对具体的伦理学批评的著作进行细致的分析，按照历史的发展对西方伦理批评进行梳理，总结出美国伦理批评的几大特点，评述精当，见解深刻。从我国学者发表和出版的有关西方伦理批评的著述来看，同其他西方批评理论如精神分析学、女性主义、形式主义批评等在我国的传播相比，除了对布斯有较多的研究和介绍外，明显缺少系统、全面的研究和介绍。除了前面提到的布斯的几部有关伦理批评的著作，其他伦理批评家的著作至今仍然在我国少有翻译、介绍和研究。尽管如此，由于文学伦理学批评在中国有其自身的历史、文化和思想传承，即使有限的研究和介绍也会产生强大的推动。从 2005 年开始，西方的伦理批评以文学伦理学批评的面貌出现在中国学界，并且很快形成一股强劲潮流，这有力地说明文学伦理学批评在中国的勃兴既有其迫切的现实需要，也有其深厚的社会和思想基础。

三、文学伦理学批评在中国的接受

同其他文学批评在中国的接受相比，伦理批评的接受在时间上要晚一些。一直到 21 世纪初，我国对西方伦理批评的介绍和研究都比较薄弱，很少有人用伦理批评的方法研究西方作家作品。某些讨论文学伦理学的著述，实际上讨论的仍是我国传统上的文艺理论，并没有从我国固有的文学理论的框架束缚中摆脱出来。不过，改革开放以来我国特别关注的西方人道主义、现实主义等问题，其中都明显包含丰富的伦理道德内容，这就为我国学者接受伦理批评奠定了思想基础，促使中国学者运用伦理批评进行文学研究的尝试。

从时间上看，文学伦理学批评真正在中国的诞生始于2004年，其标志就是当年6月和8月分别在江西南昌和湖北宜昌举行的把文学伦理学批评作为文学研究方法论加以讨论的全国学术研讨会，以及聂珍钊教授于当年10月在《外国文学研究》杂志第5期上发表的论文《文学伦理学批评：文学批评方法新探索》。

为了解决文学研究中理论脱离实际的倾向，2004年6月，江西师范大学外国语学院、《外国文学研究》杂志、江西省外国文学学会联合主办了“中国的英美文学研究：回顾与展望”全国学术研讨会，对我国改革开放以来中国的英美文学研究走过的历程进行梳理和总结。在这次会议上，吴元迈先生以“从另一个角度走进英美文学研究的回顾与展望”为题发言，以钱钟书与卞之琳先生的学术研究和学术品格为例，阐述了文学理论与文学批评实践的关系问题。他对当时中国的文学理论研究与巴赫金的文学研究进行对比，对当时的中国文学理论不研究中国文学实践，也不研究外国文学，一味从理论到理论的研究倾向提出批评，强调要注重我们自己的理论思考、探索与建树。他尤其强调了文学批评方法的重要性，并列举一系列作家作品探讨不同文学研究方法的可能性。聂珍钊教授十分赞同吴元迈先生提出的问题，在大会上作了“文学批评方法新探索：文学伦理学批评”的主题发言，指出在改革开放的20多年里，尽管西方新的文学批评方法对我国的文学批评的影响和贡献有目共睹，但是我国在接受和运用西方批评方法过程中出现的问题也暴露无遗，这就是全盘接受西方理论而无自己的建树，认为这就是导致我们不能与西方学术界进行平等对话以及理论脱离实际的原因。针对吴元迈先生指出的我国批评界存在的问题，聂珍钊教授在会上提出“文学伦理学批评”的方法，试图以此来解决我国文学批评理论与实际相脱离的倾向，得到大会的积极响应。

2004年8月，《外国文学研究》杂志联合中国剑桥大学人文学者同学会、三峡大学、华中师范大学外语学院、上海财经大学、襄樊学院等单位，在宜昌三峡大学共同举办了“剑桥学术传统与批评方法”全国学术研讨会。大会通过对以剑桥为代表的英国学术传统和批评方法的研讨，突出反对伪理论和倡导优良学风的主题，反思我国外国文学研究中所存在的一些问题。吴元迈先生又一次出席了会议，作了“批评方法还是多元化好”的发言，再次强调文学批评方法要多元共存，文学批评不能脱离文学的实际。王忠祥教授以“中西传统文学批评的现代思考”为题发言，在分析作家、作品的基础上探讨了继承、创新以及批评方法的多元化问题，指出从伦理道德的角度研究和批评文学不失为一种有益的尝试，呼吁建立有中国特色的中国外国文学研究学派。陆建德先生以“剑桥学术传统与文学批评”为题，回顾、论述了剑桥学术治学传统的来源及发展，强调了批评方法对于文学研究的重要性。他在发言中强调指出英国文学批评重视文学伦理价值的倾向，认为这对中国的文学批评有着重要的借鉴意义。聂珍钊教授在江西会议发言的基础上，以“剑桥学术传统：从利维斯谈起”为题，再谈文学伦理学批评，指出我国外国文学研究中如今有一些打着文化批评、美学批评、哲学批评等旗号的批评，往往颠倒了理论与文学之间的依存关系，割裂了批评与文学之间的内在联系，存在着理论自恋、命题自恋、术语自恋的严重倾向。这种批评不重视文学作品即文本的阅读与阐释，分析与理解，而只注重批评家自己的某个文化、美学或哲学命题的求证，造成理论与实际的脱节。他认为这助长了理论脱离实际的不良学风，不利于外国文学学术研究的健康发展，而剑桥学者利维斯通过细读文本发现作品中蕴藏的社会意义的批评方法为我们提供了一种很好的研究范例，值得借鉴。尤其值得一提的是，从剑桥留学归来的学者如曹莉、刘雪岚、黎志敏、高继海、王松林、梁晓冬、田祥斌等也在大会上发言，强调外国文学研究和批评中要反对侈谈和空谈理论，反对文学批评越来越远离文学文本的不良倾向。通过两次会议的研讨，大家基本上对文学伦理学批评的现实意义和方法论价值达成了共识，为文学伦理学批评在中国的发展奠定了基础。

2004 年 10 月，聂珍钊在《外国文学研究》杂志第 5 期上发表《文学伦理学批评：文学批评方法新探索》一文，第一次在我国明确提出文学伦理学批评的方法论，对文学伦理学批评方法的理论基础、批评的对象和内容、思想与文学渊源进行论述。接着，聂珍钊教授又在 2004 年《外国文学研究》杂志第 6 期上发表论文《剑桥学术传统与研究方法：从利维斯谈起》，以利维斯为个案对文学伦理学批评方法进一步做了阐释。可以说，在众多新老学者的共同参与推动下，文学伦理学批评于 2004 年以崭新的面貌在中国实现了软着陆，成为与西方伦理批评不同而被中国学术界认可、接受和运用的一种新的批评方法。

2005 年初，《外国文学研究》第 1 期发表了一组专题论文，进一步推动了文学伦理学批评在中国的发展。专题由六篇论文组成，分别从不同的视角讨论了文学伦理学批评。聂珍钊教授从总体上对文学伦理学批评的起源、方法、内涵、思想基础、适用范围、实用价值和现实意义进行了论述。挪威奥斯陆大学克努特教授以易卜生的戏剧为例，不仅讨论了易卜生戏剧中的伦理道德问题，而且还就文学伦理学发表了自己的重要意见。王宁教授把生态批评同文学伦理学批评结合在一起，为文学伦理学批评同其他批评相结合提供了范例。刘建军教授以人对自身认识的发展所经历的三个时期为基础，用比较的和多学科的观点对文学伦理学批评做了进一步阐释。邹建军教授从文学伦理学批评的三维指向讨论了它的历史价值、现实意义和方法论启示。这些论文表明，要实现文学伦理道德价值的回归，文学伦理学批评就是达到这一目标的重要方法。这一组论文为文学伦理学批评在中国的勃兴奠定了基础，其学术价值及现实意义都是十分重要的。

四、文学伦理学批评在中国的勃兴

自 2005 年以来，全国有众多学者参与了文学伦理学批评的讨论，并运用这一批评方法研究作家作品和探讨文学中的理论问题，发表了大量的研究论文，出版了一批学术专著，完成了一批学位论文，国家和政府也资助了一批与文学伦理学批评有关的研究课题。

有关文学伦理学批评的论文大致可以分为三类。一类论文重点从理论上对文学伦理学批评进行研究和讨论，代表性论文如《文学伦理学批评与道德批评》（聂珍钊）、《文学伦理学批评的现状和走向》（刘建军、修树新）、《关于文学伦理学批评的几个问题》（陆耀东）、《文学伦理批评的当下性质》（刘建军）、《文学伦理学批评的多元主义》（张杰、刘增美）、《文学的环境伦理学：生态批评的意义》（王宁）、《文学伦理学批评的独立品质与兼容品格》（邹建军）、《文学伦理学批评一隅》（朱宝荣、丁曦妍）、《文学伦理学批评：内涵、目的以及范围》（蔡云艳）、《文学伦理学批评与人文精神建构》（李定清）、《卡塔西斯：一种亚里士多德式的叙事伦理批评原则》（季水河、李志雄）、《文学批评的童真回归——文学伦理学批评》（刘保安）、《论文学伦理学批评中的“文学性”》（甘文平）、《伦理学视阈下的中国古代小说》（胡胜、赵毓龙）等。另一类是运用文学伦理学批评的方法研究作家作品的论文，代表性论文如《伦理禁忌与俄狄浦斯的悲剧》（聂珍钊）、《伦理缺失·道德审判——文学伦理学批评视角下的〈榆树下的欲望〉》（马永辉、赵国龙）、《伦理的“暗礁”：〈暗礁〉的文学伦理学批评》（郭雯）、《伦理选择·伦理身份·伦理意识：〈慈悲〉的文学伦理学解读》（尚必武）、《伦理环境与小说〈觉醒〉的拒绝与接受》（刘红卫）、《血亲复仇中的伦理冲突——读埃斯库罗斯的〈奥瑞斯提亚〉》（袁雪生）、《从〈高加索灰阑记〉看布莱希特晚期伦理意识》（郑杰）、《文学伦理学批评视域中的〈海狼〉》（易建红）、《伦理选择与丁梅斯代尔的公开忏悔》（杨革新）、《〈恶龙的兄弟〉的文学伦理学解读》（柏灵）、《人性因子与兽性因子的斗争与转换——〈查太莱夫人的情人〉的文学伦理学解读》（钟鸣）、《论〈宠儿〉的伦理诉求与建构》（易立君）、《〈海蒂〉中儿童的伦理选择与成长》（李纲）、《贝娄与犹太伦理》（刘兮颖）、《〈白鲸〉中人与自然多维关系的伦理阐释》（郭海平）、《生态伦理视阈下扬克的悲剧》（刘慧）等。还有一类是对文学伦理学批评进行归纳总结的论文，代表性论文如《文学伦理学批评方法评析》（朱丽娟、裴浩星）、《文学伦理学批评在中国》（聂珍钊）、《文学批评的伦理转向：文学伦理学批评》（王晨）、《文学伦理学批评在中国》（田俊武）、《中国文学伦理学批评的发生与垦拓》（朱振武、朱晓亚）、《文学伦理学批评的现状和走向》（修树新、刘建军）等。王松林教授在《作为方法论的文学伦理学批评》一文中评价说，文学伦理学批评作为一种方法论具有其独特的研究视野和内涵，具有学术的兼容性和开放性品格，具有学理上的创新意义。“更具现实意义的是，文学伦理学批评还可以为发展社会主义先进文化以及树立社会主义荣辱观服务，为在全社会大力弘扬爱国主义、集体主义和社会主义思想服务，为倡导社会主义基本道德规范和促进良好社会风气服务”，“对目前和将来我国和谐社会的构建、对正处于社会转型期的我国伦理道德秩序的建设的意义是不言而喻的”。

运用文学伦理学批评的方法研究作家作品的学术专著的出版，无疑把文学伦理学批评推向了深入。华中师范大学出版社推出的文学伦理学批评建设丛书，至今已出版《文学伦理学批评：文学研究方法新探讨》（会议论文集，2006年）、《英国文学的伦理学批评》（聂珍钊等，2007年）、《康拉德小说伦理观研究》（王松林，2008年）、《和的正向与反向：谭恩美长篇小说中的伦理思想研究》（邹建军，2008年）、《王尔德创作的伦理思想研究》（刘茂生，2008年）、《亨利·菲尔丁小说的伦理叙事》（杜娟，2010年）、《文学伦理学批评视野中的理查生小说》（朱卫红，2011年）、《受难意识与犹太伦理取向：索尔·贝娄小说研究》（刘兮颖，2011年）等。其他著作如《乔治·艾略特小说的伦理批评》（杜隽，2006年）、《伦理的诗学：但丁诗学思想研究》（姜岳斌，2007年）、《重建策略下的小说创作：爱丽斯·默多克小说的伦理学研究》（马惠琴，2008年）、《哈代小说伦理思想研究》（丁世忠，2009年）等，也都从不同角度运用文学伦理学批评展开对作家作品的研究。在我国高校，除了有不少人用文学伦理学批评的方法撰写硕士论文外，还有一批博士研究生运用文学伦理学批评的方法写作博士专题论文，如《乌云后的亮光：索尔·贝娄小说（1944—1975）的伦理指向》（祝平，2006年）、《和谐与秩序的诗化阐释：蒲柏诗歌研究》（马弦，2007年）、《艺术与道德的冲突与融合》（刘茂生，2007年）、《论狄更斯小说的和谐家庭主题》（陈智平）、《托妮·莫里森小说的文学伦理学批评》（修树新，2009年）、《城市漫游者的伦理衍变：论菲利普·拉金的诗歌》（陈晞，2001年）、《莎士比亚戏剧的伦理思想研究》（庄新红，2012年）、《英国维多利亚时期女性小说文学伦理学批评》（夏文静，2013年）、《大卫·马梅特戏剧伦理思想研究》（蔡隽，2013年）等。文学伦理学批评的研究与运用也获得国家的支持，自2006年以来，国家社科基金资助了一批有关课题，如“情感伦理与叙事：理查生小说研究”（朱卫红，2006年）、“日本女性道德观的衍变研究”（王慧荣，2007年）、“索尔·贝娄小说的伦理指向”（祝平，2007年）、“爱德华时代英国社会小说的伦理主题研究”（胡强，2007年）、“文学伦理学批评导论”（聂珍钊，2007年）、“菲利普·罗斯小说研究”（袁雪生，2008年）、“艺术与道德的冲突与融合”。2005年10月，为了探索新的文学研究方法和进一步推动我国的外国文学批评，《外国文学研究》杂志、东北师范大学、华中师范大学、江西师范大学、广东商学院等在武汉联合举办了“文学伦理学批评：文学研究方法新探讨”全国学术研讨会。这是我国第一次举行文学伦理学批评的专题讨论会。大会收到论文80余篇，来自全国各高校从事外国文学研究的专家学者120余人参加了会议，会议集中就文学伦理学批评方法与外国文学经典作品的解读、文学存在的价值判断与伦理批评、文学批评的道德责任、伦理学批评方法同其他批评方法的融合等主题进行了广泛讨论。这次大会共有15人做了大会主题发言。王忠祥教授以莎士比亚为例从历时性和共时性的角度对文伦理学批评与审美的关系发表了看法，认为莎士比亚的作品中蕴含了“道德的审美乌托邦”，所以才有了“永远的莎士比亚”。陆耀东教授以“关于文学伦理学批评的几个问题”发言，结合中国文学和外国文学的实际，就文学伦理学批评的地位、作用、准则和局限提出了自己的见解，认为从伦理的角度可以较全面地体察文学作品中人物的行为、性格和心理特征。聂珍钊教授从文学伦理学与现实的需要、文学伦理学批评的意义、对象、内容、原则等方面阐释了文学伦理学批评构建的框架。他以希腊神话为例论证了文学从诞生之初就是人类的一种伦理表达；以《哈姆雷特》为例分析作品中的伦理矛盾，认为主人公悲剧的本质是伦理的悲剧。陆建德研究员做了题为《阅读过程中的伦理关怀》的发言，指出阅读过程实际上是一个呼唤读者的道德敏感的过程，作品的价值判断往往在字里行间不动声色地流露出来，这就需要读者有较高的阅读品位。他从阅读的方法出发，希望我们每一个人都能成为老练、敏感的读者，感受作品中的道德价值。其他大会发言人如曹莉、殷企平、王松林、宁一中、曹山柯、朱卫红、李增、罗良功、刘雪岚、颜学军、黎志敏等教授，也从不同的角度对文学伦理学批评发表了自己的见解。这次会议的成功举行，正如学界评价的那样，可以看成文学伦理学批评在中国勃兴的标志。

第九届文学伦理学批评国际学术研讨会于 2019 年 11 月 8 号到 10 号在杭州召开，来自世界 30 余个国家及地区的近 700 位专家学者集聚一堂，从文学伦理学批评的理论发展、文学伦理学批评视域下的文学经典重读、文学研究中的生态伦理批评、数字与人工智能时代的文学伦理学批评、叙事学与文学伦理学批评、国别文学与文学伦理学批评、全球化与文学伦理学批评等不同角度展开讨论，旨在探索文学伦理学批评理论建构的纵深发展与跨学科研究方法论的新方向。

国际文学伦理学批评研究会会长、美国艺术与科学院院士、耶鲁大学教授 Claude Rawson 认为，文学伦理学批评给文学研究带来了重要启示。这一批评有别于理论上的苦心孤诣，也不同于使人分心的旁门研究。理论研究即便殚精竭虑也总觉得似是而非，不得要领；旁门研究往往绕开文本，转向抽象的政治、经济、心理或其他学科，而文学研究者通常不太可能掌握与这些学科相关的专业知识。文本阅读本该是文学研究者擅长的领域，但最终学者们却舍本求末，绕开了文本。伦理批评不是一种简单的程式化的教条，它的精髓在于我们对文本整体的全面的感悟。他认为，文学伦理学批评显示了中国学者对人类命运整体的伦理道德关切，也是对习近平总书记提出的“建立人类命运共同体”的美学回应。

浙江大学教授、欧洲科学院外籍院士、国际文学伦理学批评研究会常务副会长聂珍钊认为，在中国的传统文学观念里，文章既要载道、也要明道，但无论载道还是明道，都说明文章的价值在于表达伦理、阐述道德。文学几乎演绎了现实生活中所有的选择，因此我们面临的任何选择都可以在文学中找到范例并从中获得启示。正是有了文学，我们在面临选择时才有了可以效仿的榜样以及警戒的例子，才能在文学的引导下正确选择人生，才能走向成功而避免失败。文学是教诲的工具，是我们生活的教科书，但是怎样认识文学中的各种范例并做出正确选择，这就需要有告诉我们如何选择的文学说明书，以帮助我们做出正确的人生选择。为了这个文学任务，文学伦理学批评以伦理选择为基础建立自己的理论和价值体系，运用自己的批评术语解读、分析和评价文学文本，为读者提供如何理解文学文本的说明、解释、批评，并希望能够为读者自己生活中的选择提供参考和指引。

维也纳大学教授、欧洲科学院院士 Vladimir Biti 认为，十五年来，文学伦理学批评取得了举世瞩目的长足发展，这一中国理论体系发轫于对西方文学理论传统的挑战，进而与西方学术界展开广泛交流。他希望有越来越多的西方学者能加入到有建设性的对话中来，推动文学伦理学批评的继续发展。

由《当代外国文学》编辑部、广东外语外贸大学主办，广东外语外贸大学英语语言文化学院承办的 2019 年当代外国文学学术研讨会于 2019 年 3 月 22–24 日在广东外语外贸大学北校区召开。研讨会聚焦后人文主义语境下的当代外国文学，来自全国各地的 288 名代表探讨了当代外国文学中的物质、生态、科技等议题。除了精彩纷呈的主题发言，大会针对当代外国文学研究中的热点问题，还开设了“国际科幻文学现状与未来发展”“当代外国文学研究中的认知转向”“文学中的物转向与陶瓷的故事”以及“现代声音：人类、机械与其他”等 4 场专题论坛，以及族裔文学、性别文学、幻想文学、哥特文学及自然文学等 12 场小组讨论。我校副校长阳爱民和《当代外国文学》主编杨金才在开幕式上分别致辞，开幕式由英文学院院长张欣主持。

浙江大学聂珍钊教授阐释了伦理选择与伦理人以及科学选择与科学人等相关文学伦理学批评术语。四川外国语大学的熊木清教授以空间 / 生态批评为例，介绍了当代外国文学研究中的认知转向对文学理论的丰富以及文学研究视野的拓展。上海外国语大学张和龙教授从学科史以及文学史的角度梳理了“英语文学”的源起、衍生以及内涵的嬗变过程，并考察了国内英语文学学科范畴意识的变化。上海交通大学教授皮特从思维实验的视角探讨了当代幻想小说作家 Terry Pratchett 的作品，讨论了在器官移植、基因编辑等科技发展的语境下的相关身体身份及社会问题。《当代外国文学》主编南京大学杨金才教授阐述了应对变化的语境，如全球化、后现代主义思潮，科技文明、后人文主义思潮等，当代外国文学创作所呈现的各种文学景观。他指出全球化时代的文学创作既具跨国、跨文化、跨语言等特征，却又彰显出民族性，构筑了世界文学的新景观。作家叙事策略的多元化，各种叙事策略的并存甚至跨学科叙事，构筑了叙事的新景观。对全球化的回应、对科技文明的审视、对历史的反思与拟写、对政治事件影响的写照等构筑了文学主题的新景观。文学与通俗文化的交融拓展了文学的疆界。当代外国文学学者面对变化的文学景观，应始终立足文本，拓展理论以深化文学阐释。

从有关文学伦理学批评的研究论文、研究课题和学术研讨会议可以看出，文学伦理学批评作为一种文学研究方法，已经被中国学者广泛用于文学研究，在解释文学作品和解决有关文学理论问题方面能够发挥重要作用。在《中国社会科学报》刊发的文章中，吴笛教授认为，文学伦理学批评可以打破文学经典研究中固有的思维定式，走出文学史、文学流派以及审美阅读等框架的“桎梏”，关注文学经典伦理价值的形成和传播需求，探讨这种需求对人类文化建设发展的积极贡献。文学伦理学批评也开始被国外学者接受和运用，对于我们打破外国文艺理论的殖民霸权并在国际上增强中国文学批评的学术话语权，其意义是不言而喻的。文学伦理学批评也开始在国际上产生影响。在韩国和马来西亚，既有学者运用文学伦理学批评的方法写作研究论文，也有青年学者用该方法写作硕士和博士论文。国际权威学术期刊（A&HCI 收录期刊）

邀请中外知名学者合作研究，计划刊出学术专栏《文学伦理学批评：东方和西方》。中国台湾权威学术期刊《哲学与文化》（A&HCI 收录期刊）也邀请中外学者合作，计划推出“文学伦理学批评”的重点专栏。可以说，由于中外学者的合作与推动，文学伦理学批评影响日益扩大，已经成为文学研究中有影响的重要方法。

通过我国一批学者的共同努力，文学伦理学批评已经创立了基本理论体系，尤其是建立了自己的话语体系和进行了有效的批评实践，在解决我国文学批评理论与实际相脱离、道德缺位和方法西化等问题方面发挥了重要作用。文学伦理学批评注重我国学者自己的理论思考、探索与建树，强调文学的伦理价值和道德教诲功能，在当前我国文学创作与批评迫切需要伦理道德关怀的语境下能够给人以启示。文学伦理学批评凭借其批评视角的独特性和批评方法的原创性，为充分认识文学的复杂性以及从新的角度阐释文学提供了可能。文学伦理学批评作为一种方法论的提出无疑将为我国的文学研究者提供新的选择，也将为文学创作的伦理价值追求提供新的思考。当然，文学伦理学批评还需要对研究的现状加以总结，厘清一些理论问题，处理好同中国文学、文学理论、不同的批评方法以及其他学科诸如伦理学、美学、哲学等之间的关系，在理论上还需要进一步完善。展望未来，文学伦理学批评将以其独特的批评视角继续为外国文学研究注入活力，在我国文学批评中发挥更大作用，为促进中国的文学研究做出积极贡献。

第二章　基于跨文化交际视角下的外国文学建构研究

第一节　新时期以前：外国文学史范式的确立

一、早期外国文学史范式的建构

自诞生伊始，文学史就是学科建设中的主要教学工具之一，“学科”（discipline）的正式形成，既要求其有固定的研究对象和方法，也需要学院内部的传统建制。针对前者，文学批评的学术化逐渐界定了对象与方法的范围。在传统机制方面，文学学科始于19世纪英格兰。文学的学科化进程之需求使得与教学相关的文学史编写和出版渐多。中国的“文学”学科确立于1902年，其时“大写的文学”（Literature）概念已逐渐成形。由模仿日本学术和高等教育体制的《钦定京师大学堂章程》（1902年）和《奏定大学章程》（1904年）而起，“西国文学史”课程预示着外国文学史将进入中国教学体系之中。1913年民国教育部公布的大学章程将大学文科分为哲学、文学、史学、地理学四门，基本奠定了人文学科的分类格局。其中文学门的“国文学”（即中国文学）专业14种课程中，有一门正是“希腊罗马文学史”。同年，在浙江第一师范学校（原浙江两级师范学堂）任教的李叔同（即弘一法师）开始编撰《近代欧洲文学之概观》。该文在校刊《白阳》（为李叔同自编）上刊载，目前仅存第一章《英吉利文学》。无论如何，以“概观”命名，证实李叔同已具备了编写外国文学史的观念，他应是中国学者中意图编写外国文学史的第一人。其后，1917 年北京大学中国文学门的课程表中，“文学史”成为中文系的重要课程。其中有“希腊罗马文学史”和“近世欧洲文学史”，两门皆由周作人讲授，但授课时被改为“欧洲文学史”和“十九世纪文学史”。次年，我国首部外国文学史正式出版，这本名为《欧洲文学史》的著作正是周作人的授课讲义。

依据库恩的理论，处于一种范式之内或被某种范式所笼罩的科学家，即科学共同体的成员们，在问题的确立及方法的使用上，都不由自主地具有相似性。从文学观来看，早于外国文学通史，林传甲、黄人和谢无量已经编写出多部中西交融式的中国文学史。但这些著作的文学观具有相似性，未能脱离传统的泛文学观范式，编著者将许多非文学的文类如历史著作、公牍等都纳入文学史中。五四运动以来，本土传统的文学观受到了颠覆，西方现代性的文学观、历史观与文学史观的传播，在中国起到了知识创新的作用。它们对于以中国传统学术思想、方法治学的学者来说是全新的。学术界积极学习西方的学术思想，现代大学制度也遵循西化模式而建，文学观、诠释历史的术语和方法等逐渐得到更新，文学史变成了一种流行的著述方式。陈平原认为：“‘文学史’在 21 世纪中国学界的风行，主要得益于‘科学’精神、‘进化’观念以及‘系统’方法的引进（最有代表性的文章，莫过于胡适的《〈国学季刊〉发刊宣言》和郑振铎的《研究中国文学的新途径》），从学术传统之流变来看，‘文学史’的写作与教学，从一个特定角度，凸现了中国人对西方教育体制和研究范式的接纳，以及从固有学术传统的改造。”

外国文学史范式的初次建立印证了上述论断，开风气之先者为周作人的《欧洲文学史》（商务印书馆，1918 年）。就文学观而言，在参考多部西方文学史著作后，周作人虽使用半文言进行写作，但已摆脱传统泛文学观，采用纯文学观 / 大文学观（Literature）进行书写。值得注意的是，在文体选择上，他并不以小说、诗歌为讨论中心，而是十分注重对于杂文、小品类散文的介绍。在评介上，他并未脱离传统文学研究如《文心雕龙》《文选》等言简意赅的评传式特点，也常使用中国文论来解释外国文学现象，如第四章《悲剧》中使用《诗·大序》句“所谓情动于中而形于言；言之不足，故嗟叹之；嗟叹之不足，故永歌之；永歌之不足，不知手之舞之，足之蹈之也”来阐释酒神狄奥尼索斯的祭歌“Dithyrambos 者，春之歌也。生之复活之歌”。在历史观方面，周作人受历史循环观和进化观的双重影响，他以希腊精神为主要线索，把欧洲文学的千年进程概括为希腊精神的丧失与回归的循环发展过程，并认为“文学发达亦如生物进化之例，历经而进，自然而成”。由此可见，周作人所处时代正是中西文学观和文学史观磨合的过渡时期。早期外国文学史范式建构过程中，另一部重要之作是郑振铎的《文学大纲》（上海商务印书馆，1926—1927 年），在文学观方面，该书表现出将中国文学纳入世界文学体系的大文学观的萌芽。库恩认为，在积累式进步的常规科学中会出现一些科学经典，如亚里士多德的《物理学》、托勒密的《天文学大全》等著作，它们“都在一段时期内，为以后几代实践者们暗暗规定了一个研究领域的合理问题和方法”。这些潜藏的规定，即未来新范式的发端。大文学观正是当前外国文学界探讨的一个重要话题，众多学者提出要将中国文学纳入外国文学史进行书写，而早在 20 世纪 20 年代，郑振铎已做了勇气可嘉的尝试，试图“以文学为一个整体，为一个独立的研究的对象，通时与地与人与种类一以贯之，而做彻底的全部的研究”。在《文学大纲》中，他将东西方文学平分秋色，各占约一半篇幅，中国文学则占全书内容的四分之一。这样的编写体例虽然重视和突出了东方文学和中国文学，但又存在脱离文学史现实之嫌。毕竟，19 世纪末以来，东方文学与西方文学在整体水平上存在一定差距。

时间推移至 1949 年，随着政治、经济体制的转变，意识形态、学科建制、文学史观等均产生了转变。历经近半个世纪，新中国外国文学的学术范式逐步成型。采取政治立场来建构文学史，是 20 世纪 50—70 年代的外国文学史写作所共有的时代特征。而这段时期，正是文学史范式转型的积淀期。导致范式转型的因素有以下几个方面：在思想体系方面影响最大的无疑是马克思主义思想。有人曾经概括了马克思主义对中国思想界的主要影响：“马克思主义对中国现代思想的影响是全面而深刻的。这种全面而深刻的影响主要不是通过学理上的研究和传播，而是通过它对现代中国三个主要意识形态：进化史观、民族主义和社会主义的渗透与改造。它予以进化史观以历史主义的规律，使社会主义具有科学的形态；却使民族主义走向自我超越与否定。”马克思主义对中国的影响又是在复杂的文化背景下产生的，“二战”直至20世纪60年代，是美苏冷战、东西方文化冲突及意识形态交锋盛行的时期。20世纪50年代初，学习和模仿苏联式的马克思主义成了中国社会各界的主要目标，十月革命和冷战思维带来的二元对立观念风靡一时，我们从学习和追赶西方开始转向与西方文化的冲突与对抗。新文化运动以来文化精英们对西方人文主义和浪漫主义精神的推崇也逐渐被民族主义精神所取代，从左联、毛泽东《在延安文艺座谈会上的讲话》到“革命化、民族化、大众化”口号的提出，总的趋势是对文学越来越强调其政治意义，而这种政治意义的根本则是对西方资本主义文化意识的警觉和对抗，从而凸显出文化冲突对文学和学术的深刻影响。

在文艺理论方面，苏联“社会主义现实主义”文艺政策在文艺界成了一条基本准则。当时苏联学者编写的文学史，大部分均以这条政策为原则，形成了在文学类别上独尊现实主义文学，尤其推崇社会主义现实主义和无产阶级文学，在体例上讲究给作家论资排辈的传统。它可以追溯至季莫菲耶夫《苏联文学史》的体例。季氏的著作分为上下两卷，但这部厚达六百多页的文学史著所重点论述的作家仅为五人，其中高尔基占了四章，马雅可夫斯基、A. 托尔斯泰、肖洛霍夫和法捷耶夫各占一章，至于叶赛宁、富曼诺夫、革拉特珂夫等人则只在进行整体思潮论述时稍带提及。这一体例在外国文学史写作上曾产生重要影响。20世纪50年代以来，我国译介的不少类似上述文学史的苏联文学史及一些文艺理论著作，成了当时外国文学史编写的主要参考书目。弗里契《欧洲文学发展史》（1932年首部中译本）一书影响较大，作者调整了此前学习西方文学史编撰的倾向，是较早系统采用马克思主义文论分析欧洲文学史的编撰者，但他的阶级划分法运用了庸俗社会学的分析方式，存在不少问题；人民文学出版社 1953 年出版的《苏联文学艺术问题》、季莫菲耶夫的文学理论、毕达柯夫在北大的授课讲义《文艺学引论》把苏联当时的文学理论体系和研究、批评方法，完整地输入中国，对此后二三十年的中国文学理论批评和文学教育产生了较大影响。此外，《苏联文学艺术论文集》（1956 年）、《苏联文学思想斗争史》（1957 年）、《十九世纪俄罗斯文学史》（1958 年）、高尔基的《俄国文学史》（1957 年）等均是编写外国文学史的重要参考书。这些著作构成了文学史写作的整体外部语境。它们的质量参差不齐，许多中国学者却不加分辨，在研究理念与方法上多有沿袭。1949 年前发行的一些外国文学史如茅盾的《西洋文学讲座》（1935 年）、胡仲持的《世界文学小史》（1949 年）等即已受苏编文学史的影响至深。20 世纪 50 年代的外国文学史则走向政治化图解文学的另一端。例如，1956 年郑启愚主编的《外国文学》认为 19 世纪末英国资产阶级文学是没落的和颓废的，将“19 世纪末文学”视为“资产阶级文学的破产”，认为德莱赛是“美国走向社会主义现实主义的作家”，将美国视为“走向死亡道路的美帝国主义”等。苏联文学史模式的长处和短处皆有之，其长处在擅长从政治、伦理和思想角度去理解文学的内容、去进行社会学和经济学的分析，短处在不善于从美学角度去体验和把握文学的内涵、进行文学的艺术分析。结果是，外国文学史变成了社会发展史的附庸，缺乏民族特征和独立的研究品格，也更加谈不上为中国现当代文学的发展提供引领和指导。至 20 世纪 50 年代末期，中国社会在学习苏联模式的过程中，也发展形成了自身的特征，与苏联可谓是保持同步却不等距的关系。外国文学史的编写开始在苏联模式的影响下寻求突破，力求显现自身的民族特征，这构成了外国文学史范式转型的整体语境。

二、新时期以前外国文学史的主要特征

新时期以前外国文学史的发展与变化可以分为两个时期：中华人民共和国成立以前、成立后至 1978 年。由于后一时段出版的外国文学史主要为集体编纂，数量并不多，而且下文里对这些著作也有简要分析。因而在此仅讨论前一时段外国文学史的三个主要特征：

首先，文学史观多受到进化论和社会文学史观的影响，如勃兰兑斯（Brandes）的心理文学史观、丹纳（H.A.Taine）的“三动因说”社会文学史观、圣伯夫（Saint-Bouve）的作家中心论和洛尔生（Sharper Knowlson）的比较文学史观等。五四运动后的几年内，以“文化史派”为代表的文艺理论著作被大量引入中国，《小说月报》等刊物时常引介，令丹纳、勃兰兑斯、朗松及布吕纳介的文艺批评广为流行。

其次，当时出版的大多数外国文学史以编译、介绍和复述为主，原创性内容较少。在具体内容、编写理念和编纂方法上，外国文学史受日本的外国文学研究影响颇深。1950年前，国人译介的外国文学史包括木村毅的《世界文学大纲》、约翰·玛西的《世界文学史话》、弗里契的《欧洲文学发展史》、柯根的《世界文学史纲》等。其中木村毅编写的《世界文学大纲》是被沿用最多的一部文学史。在原创性问题上，当时的文学史存在一定的缺陷。编著者们不仅抄袭国外学者的成果，也将前代国内学者编写的部分内容挪为己有。随着历史洪流的涤荡，这些文学史已渐不为人知。但它们在普及和介绍世界文学知识、倡导纯文学观、完善学科建设体系等方面所取得的成就是值得大力肯定的。

在内容方面，研究者的关注领域集中于西方文学，除郑振铎《文学大纲》、胡仲持《世界文学小史》等文学史涉及东方文学以外，并未出现专业型东方文学通史；在文学史编纂目的上，这些文学史著作具有理念先行的特点，重视对外国文学常识的普及，强调它们对中国普遍民众的启蒙和教化作用；在编写手段上，外国文学史的编写者多以他律论研究为主，将文学的嬗变过程归因于外部的种种因素，在自律论研究上投入较少；对作家作品的分析缺欠深入、评价十分简单。它们大多是纲要性的描述，继承了中国古代的文苑史书列举多、评议少的编写特点。造成上述现象的原因较为复杂：一方面，中国文学史家多受传统教育熏陶，在治文学史方面多沿袭传统的文学史观，使用以往的学术方法和编纂思路。在领悟西方学术精神，运用西方学术话语书写外国文学史的方面需要一定的积累、过渡与磨合。文学史是来自西方的舶来品，其基础是对文学、对文学历史的西方式的近代理解，不仅在总的精神上体现着西方近代学术思想的内在逻辑，还规定了特殊的文学分类，诠释历史的概念术语、方法、步骤，对于以中国传统学术思想、方法治学的学者来说，它们是全新的。另一方面，外国文学史的编写也受到接受者（读者）的制约。民国时期的读者文化程度不高，在外国文学方面，他们只需要介绍性质的普及性文字而非更精深的研究。

最后，当时的外国文学史编纂者不属于正式且统一的科学共同体。中华人民共和国成立以前出版的外国文学史多由个人编撰，未能形成集体合作的模式，文学史著个性差异较大。早期的外国文学史编写者兼具多重身份，研究领域宽广，学术兴趣广泛。对他们来说，外国文学史的编写并非专注的要务。代表人物例如周作人、郑振铎和茅盾等，在社会身份上不仅是文学史家，也是社会活动家、政治家和文化学者。他们不仅编写外国文学史，也编写中国文学史、撰写文艺理论。同为文学研究会的会员，周作人和郑振铎在中国文学研究方面成就卓著，茅盾除文学研究外同时投身于创作，撰写了多部新文学代表作。文学史家的多重身份使得外国文学史的编纂具有立足中国现实、服务于新文学发展的特点。

三、外国文学史概观

（一）通史

以中华人民共和国成立为界，新时期以前外国文学通史的编纂情况可分为两个时段。在前一时段里，大部分外国文学通史为个体编纂，只有李菊休与赵景深合编的《世界文学史纲》属于合著。为论述便利，在此一并讨论。由于学术条件和出版环境的限制，中华人民共和国成立前正式出版的外国文学通史数量不多，近年来由于新史料的发掘与整理，有些当时未版的著作如周作人编写的《近代欧洲文学史》（周作人，团结出版社，2007 年）也得以问世。这些外国文学史著作中比较重要、对后世影响较大的是周作人的《欧洲文学史》和郑振铎编写的《文学大纲》，下文会对它们进行重点阐释。与周氏兄弟和郑振铎相似，茅盾也是中华人民共和国成立前即投身于外国文学译介和传播事业的一位先驱。1923 年，他在上海大学讲授“西方文学史”，初选周作人的《欧洲文学史》作为教材，觉得不足，便致力于编写普及性质的外国文学史传。除《骑士文学 ABC》《希腊文学 ABC》和《北欧文学 ABC》等多种国别和专题文学史以外，他的《西洋文学》（1930 年）一书简略叙述了西洋文学从神话传说发展至写实主义文学的各阶段，作者在例言中虽说该书“不是文学史的性质”，因而对于文学史现象的介绍并不全面，如欧洲中世纪文学只介绍了骑士文学，对于英国文学论述甚少，对美国文学则不着一字。但实际上该书还是将文学史以思潮进行分类，大体描摹出了欧洲文学的总体轮廓。受马克思主义唯物史观、丹纳和左拉的文艺理论观点等的影响，茅盾的文学史观体现为一种进化的社会文学史观，他坚信经济基础决定了“文学”这一“上层建筑”，而上层建筑又对生产力与生产关系产生反作用力。

受国内外环境的影响，20 世纪 40 年代以来的外国文学通史与 20 世纪 30 年代的文学史呈现出不同的面貌：柳无忌的《西洋文学的研究》（1946 年）的分类标准不一，存在与余慕陶著作相似的问题。作者以英国文学为论述重点，兼及部分中西比较文学与希、德文学；张毕来的《欧洲文学史简编》（1948 年）将希腊罗马文学、中世纪文学、近代文学与现代文学分别对应于现实主义原始期、潜伏期、发展期和完成期的文学，欧洲文学史成了“现实主义的发展史”，古典主义和浪漫主义文学则消失在作者的视野之内；胡仲持的《世界文学小史》（1949 年 8 月初版）共 20 章，涉及中外文学，范围甚广，以阶级论文学史观贯穿全书，并极力突出社会主义和无产阶级文学。

1949—1978 年这一时段中，仅出版了两部个人编纂的外国文学通史，分别是郑启愚的《外国文学》（安徽师范学院中国语言文学系，1956 年）和朱陈的《外国文学讲义》（东北人民大学出版社，1956 年）。郑著应是作者的教学讲义，以阶级论文学史观进行书写，全书最为关注现实主义文学，尤其是批判现实主义文学，并将雪莱和拜伦称为“革命浪漫主义诗人”，视德莱赛为“走向社会主义现实主义的作家”，体现出时代语境的深刻烙印。

1949 年后至新时期以前的这段时间内，集体编纂的通史数量并不多。它们不约而同地镌刻上了阶级斗争或图解政治的烙印。在其时“一体化”的学术环境下，这种写作取向是可以理解的。它们的共同特征是：在内容方面，现代俄苏现实主义文学和社会主义文学被定位为毋庸置疑的经典文学；无产阶级文学和弱小国家（尤其是社会主义国家）的民族文学得到重视，无论其成就高低，均列专章处理。譬如朝鲜、越南、阿尔巴尼亚和古巴文学等；另一些欧美文学经典则被当作资产阶级文学的代表被否定和贬低。例如，华中师范学院中文系“外国文学战线”编写的《外国文学》（修订本，1960 年）上册突出了英国宪章派诗歌和巴黎公社文学，将海涅冠名为“革命民主主义诗人”，下册则专论俄国革命文学，分为“贵族革命时期文学、民主主义革命时期文学和无产阶级革命时期文学”，表现出一定的意识形态倾向。

到 20 世纪 60 年代，杨周翰版的《欧洲文学史》（上册）扭转了这种机械的文学史编写方式。同期，东北三校教师编写的《外国文学》（吉林师范大学出版社，1963 年）是当时为数不多的外国文学史，第二卷“19 世纪欧洲美洲文学”视野较为宽广，选入了不少曾被忽略的作家，比如英国文学中除以拜伦和狄更斯为主，还提及了葛德汶、湖畔派诗人、盖斯凯尔夫人、萨克雷、布朗台（勃朗特）姐妹和艾丽奥特；美国文学中则提及了朗费罗和比彻·斯陀夫人。

（二）周作人的两部欧洲文学史

1917 年 9 月，周作人被聘为北京大学文科教授，需讲授希腊罗马文学史和近世欧洲文学史，他便编写了两部授课讲义。课程实际讲述的内容与名称有所差异，分别变为欧洲文学史和 19 世纪文学史。此后欧洲文学史课程的讲义以《欧洲文学史》一名列为“北京大学丛书之三”，于 1918 年 10 月由上海商务印书馆出版。据止庵考证，周作人在编写此书的同时，也写作了《近代欧洲文学史》，该书接续前书，正是近世欧洲文学史课程的讲义，但因在译名问题上与出版社产生分歧，致使该书未能出版。从具体内容来看，《近代欧洲文学史》的“古代”“古典主义时代”两章与《欧洲文学史》的第三卷大致相同，应是后者底本。二书写作时间相近，编写思路与理念大致相同，完全可以并而论之。

从周作人的经历来看，在留学日本时，他就已经接触了不少文学史的编写材料。例如圣兹伯利《英国文学简史》（G.Saintsbury）及泰纳（Taine）《英国文学史》等，通过后者，周作人“才看见所谓文学史，而书里也很特别，又说上许多社会情形，这也增加我不少见闻”。这两部文学史是周作人编纂文学史的重要参考书目。

《欧洲文学史》全书约十万言，以文言写就。共分三卷，第一卷“希腊”、第二卷“罗马”、第三卷是“中古与文艺复兴”与“十七、十八世纪”的文学。该书以时间为线索，分别介绍古希腊、罗马文学的起源、发展和分类等，并对中古与文艺复兴及17—18世纪兴起的欧洲文学，如异教诗歌、骑士文学等进行了说明与介绍。《近代欧洲文学史》分为五章：绪论、古代、古典主义时代、传奇主义时代和写实主义时代，其中19世纪欧洲文学部分占据全书的2/3，正可弥补《欧洲文学史》所涉19世纪文学篇幅不多的缺憾。它们展现出作者广阔的文化视野和系统的文学史观。二书语言平实流畅，脉络清晰分明，既注重文学作品中蕴涵的人文思想，又不忘时代背景与文学思潮之间的因果关系。所惜叙述简略，带有中国传统史书之风，罗列多于评议，但它们依然体现出作者的理论情怀及抱负，言短意长，论断精妙。

周作人尤其钟情于希腊和罗马文学。对希腊语的掌握，令他可以近距离地贴近源语文学。这两部文学史充分诠释了其“希腊情结”，希腊和罗马文学在《欧洲文学史》中所占篇幅约2/3，所涉作家作品也十分丰富。周作人认为欧洲文学的起源是希腊文学，将欧洲文明归于两希传统，认为两希思想正是“史家所谓人性二元者是也”，总结两者的区别为“灵”与“体”之冲突，进而认为希伯来思想重“灵”之宗教，希腊则以体为重，其所吁求，一为天国未来之福，一则人世现在之乐也。这一说法颇有见地，在对两希文明的作用及其地位的评价上，后世外国文学史的观点基本类似。他称希腊民族为“世界最有节制之民族”，将希腊文化总结为“尚美而不失道德，主情而不失理智，重思索而不害实行”，对希腊艺术的概括准确：神话“为纯粹神人同形说（Anthropmorphism）”；文学“有悲哀恐怖之情，而无凶残之意”；戏剧“不明演杀伤事迹，仅以影写出之”；美术“尤以安详著称。如雕刻之像，多静而少动”，即使表现动作，也是“多既事而非将事”，这与莱辛在《拉奥孔》里对希腊艺术风格的概括一致。还将希腊文学的特征和标准（现世主义、尚美精神与中和原则）奉为圭臬，用以衡量后世文学。认为罗马文学和希伯来文学均是对希腊文学的反动：“人神既逝（Mangod），神人（Godman）代兴”“希腊为尚美，罗马为崇实”；中世纪文学以“骑士文学”和“浪游之歌”为主要关注对象，认为“骑士文学”起于宗教，终于尚美，实为希腊文学回归的前奏；“浪游之歌”充满现世情怀，是对希伯来信仰的突破。直至文艺复兴，重新关注人性、现世、自然和美，才是希腊精神的复归；十七八世纪文学被理性主义所裹挟，呈现中和之貌。其中他对卢梭和歌德二人着墨最多，因为他们都是倡导人性和自然的代表。歌德提出“世界文学”理念，承认了各民族文化的共同性，同时也以“希腊文化”为一种超越各民族文化的最高的模范标准和价值尺度，后者与周作人的理念相合，故他称许歌德为希腊精神的发扬者。周作人以希腊精神为主要线索，把欧洲文学的千年进程概括为希腊精神丧失与回归的循环发展过程。他还受文学进化论的影响，认为“文学发达亦如生物进化之例，历经而进，自然而成”，这样的观念显然忽视了文学与社会的不同步性现象，孤立地将文学与进化等同起来，是周作人版《欧洲文学史》存在的主要问题。

李叔同的《近代欧洲文学之概观》（1913 年）既为外国文学史的肇端，可惜未曾完整成书。系统性编写的周作人版《欧洲文学史》，是第一部真正意义上的外国文学通史，具有首创之功。虽然周作人自己对它的评价不高，但《欧洲文学史》的可贵之处在于，作者在国内没有蓝本可供参照的情况下，编译出了一部系统完整、线索明晰的外国文学史。它是周作人自身在阅读及翻译欧洲文学、文艺理论、文学史著基础上的一个总结。

（三）郑振铎的《文学大纲》

如果说周作人的《欧洲文学史》在引介欧洲文学上取得了开拓性的成就，是系统性欧洲文学史的滥觞。那么，在世界文学史方面，首创者当推郑振铎编著的《文学大纲》。郑振铎毕生编写了多种文学史，成就斐然。《文学大纲》共分为4册，凡80万言。第1册介绍希腊、罗马、印度、中国等古典文学，第2册介绍中世纪欧洲及中、日、印、波斯等东方国家的文学，第3册介绍文艺复兴时期欧洲及中国文学，第4册介绍19世纪欧洲文学及中、日、美国文学。附精美插图716幅，有编者序及跋，每册均附有年表，曾于1924至1927年连载刊于《小说月报》。全书共46章，其中西方文学占26章。从古希腊神话叙述到20世纪初文学，既介绍了英、法等“文学大国”的文学，也用了不少篇幅介绍其他西方国家和地区的文学。第46章“新世纪的文学”更是提到了康拉德、威尔士、勃奈特、高尔斯华绥、普鲁斯特等西方现代作家，以及立体派、未来派等现代文学流派，视野较为宽广。

《文学大纲》将世界文学视为内在联系的整体，不仅展示了世界文学的纵向发展和流变，也间以横向的影响研究和比较研究。它不只是将西方文学视为国别文学史的组合，而是融会贯通，高屋建瓴，将中国文学与外国文学连接起来讨论，体现了编者宏大的叙事观。在具体论述中，他一方面采取文化角度，考察了时代和环境对文学的影响，如佛教传入对中国文学的影响、阿拉伯入侵对波斯文学的影响、中国文学文化对日本文学的影响等。另一方面，对于各民族文学和国别文学，他也采取了比较文学方法，进行了许多有意识的比较，如古代东西方民歌与民间传说的相似性、《诗经》与《旧约》、《新约》及荷马的两大史诗对各自文化体系中后世作家的影响、中外文学故事比较研究、歌德与莎士比亚比较等。书中也关注了翻译文学对他国文学发展的重要作用，例如，英国诗人菲兹格拉德翻译了波斯名著《鲁拜集》，本书即强调了这一翻译行为给西方文学产生的众多影响。因而，《文学大纲》类似于一部世界比较文学史，在文学史的写作上具有开创性意义。郑振铎其后主编的一套世界文学作品集《世界文库》同样显示出纵横开阔的比较文学视野。

作为我国首部将东西方文学并列的世界文学史，《文学大纲》也存在着一些问题：首先，郑振铎将东西方文学平分秋色，各据约一半篇幅，中国文学则占全书内容的1/4。这样的编写体例虽然重视和突出了东方文学和中国文学，但又存在用力过度之嫌。毕竟，自19世纪以来，东方文学和中国文学的成就已远不及西方文学。其次，受时代与环境的限制，《文学大纲》的参考资源较少，且多为英文书籍，主要根据特林瓦特和梅西的两部通俗文学史进行编译，眼光略显不足。最后，该书对于文学史实的介绍多是知识性和百科全书式的，偏重于对常识的普及，缺乏深入细致的具体分析。

（四）断代史

新时期以前出版的外国文学断代史数量不多，周作人编写的《近代欧洲文学史》（1917—1919年）属于断代史，此书是北京大学国文二年级的讲义，上文在论周作人的《欧洲文学史》时已提及，此处从略。赵景深个人共编写了七部断代史，多属史料集和史话：《最近的世界文学》（远东图书公司，1928年），《现代世界文坛鸟瞰》（世界书局，1930年），《一九二九年的世界文学》（神州国光社，1931年），《一九三〇年的世界文学》（神州国光社，1931年），《一九三一年的世界文学》（神州国光社，1931年），《现代世界文学》（现代书局，1932年），《西洋文学近貌》（怀正文化社，1948年）。断代史还有李青崖编著的《一九三五年的世界文学》（商务印书馆，1936年），及徐伟的《欧洲近代文学史讲话》（世界书局，1943年初版）等。

（五）文学史丛书

1928年至1933年，上海ABC丛书社推出了一套文学史丛书，由上海世界书局发行，它由多部外国文学国别史与文体史组成。丛书覆盖面广，知识丰富，在普及外国文学史常识、推广作家作品上起到了重要作用。丛书主编为徐蔚南，撰写者多为熟悉和喜爱各国文学的留学生、诗人和翻译家。丛书编写的主要目的在于：其一，“把各种学术通俗起来，普遍起来，使人人都有获得各种学术的机会，使人人都能找到各种学术的门径”。其二，力图给中学生和大学生提供“有系统的优良的教科书”。文学史编写者术业各有专攻，既有其优势，也在一定程度上造成了关注面狭隘，过于集中于单种文体的问题。例如，编写《德国文学 ABC》的李金发是留欧归国的象征主义诗人，他对于德国诗歌描述的篇幅便远多于其他文体。

（六）文体、文类文学史

新时期以前已有多部文体史出版。它们的关注点各异，集中于小说与戏剧。《欧洲大战与文学》原是应《小说月报》之约，为该刊纪念欧战十周年的战争文学专号而作；《西洋歌剧考略》一书概论西洋歌剧及其历史，并分别介绍了《情魔》（《福士特》）《弄臣》《蝴蝶夫人》《茶花女》《神笛》等 14 部名歌剧的剧情；贺孟斧编译的《世界名剧：作家与作品》分酒神、希腊时代的戏剧、罗马时代的戏剧、中古时代的戏剧、1700 年前的戏剧、18 世纪的戏剧、19 世纪的戏剧七部分，介绍了各个时代著名的戏剧家及其作品。

第二节　新时期以来：外国文学史范式的转型

一、新范式的建构与“重写文学史”之实质

1978 年 12 月召开的十一届三中全会实现了中华人民共和国成立以来的伟大转折，开启了我国改革开放的历史新时期。新时期以来，文学学科和文学创作表现出了特殊的形态和特征，这一切都是从 20 世纪 80 年代开始的。正是在这一时期，中国知识界开始建构起自身基本的话语和理论体系。

由于时代原因，对于外国文学史范式的考察并不能采取历史线性的方式进行，而需要将时间之流截断并加以重组。以新时期之初最重要的一部外国文学史——杨周翰版《欧洲文学史》的编写为准，外国文学史范式的建构早在 20 世纪 50 年代就已经启动。1961 年，在周扬领导下，全国高校文科教材编选会议召开，会议总结了教育经验，并组织了一批专家学者进行了全面的规划和编写。从实践来看，国家组织编写的首部外国文学史——杨周翰版《欧洲文学史》（人民文学出版社，1964—1979 年）采纳了周扬提出的不少意见，

比如，文学史编写要做到倾向性、知识性和稳定性的统一。所谓“倾向性”，是指要以马列主义、毛泽东思想为指导；所谓“知识性”是指要以普及为主；所谓“稳定性”，是指给作家不加“伟大”或“反动”的帽子，要客观介绍，批判性地评价。比如内容以普及性为主，书写方法可以使用接受研究与影响研究的方法，对作家作品的分析既要重社会意义，也要对审美意义有所关注等。可以说，在这样的指导原则下出现的杨周翰版《欧洲文学史》初步形成了外国文学史的编纂范式，它首次以较为科学的文学史观从宏观上清晰展示了欧洲文学的整体发展演进和流变的历程，利用文艺社会学方法对欧洲两千多年来的主要文学现象、文学潮流和重要的作家作品进行了综合性研究。此前文学史的编写范式（传统史传点评式的解读、编译为主的体例、个体撰写等）在 20 世纪 50—70 年代被基本抛弃。代表性的周作人和郑振铎的外国文学史因论述过于简单，已无法满足新中国高等院校外国文学的教学需要。但是周扬提出的第五点和第六点意见在杨周翰版文学史中却并未得到实践的反馈，可以说，它仍然未能摆脱二元对立阶级论的分类模式，而这种背离在 1979 年的下册里表征得尤为明显。这种以二元对立为主的分析模式正预示着外国文学史范式即将出现的危机。

危机的呈现最明显莫过于外国文学史中普遍存在的“以论带史”现象，“以论带史”的治史方法强调在文学史编纂中坚持使用马克思主义理论来统领史料。编著者以理念灌输于文学史之中，找寻一条或多条理论线索将文学史现象串联起来。有人指出，“以论带史”是一种理论先于历史，概念先于事实，观点先于材料的治史主张。它一方面颠倒了历史研究的程序，随意剪裁史料，使其适合某种先验的结论；另一方面，则使用现成的结论代替对具体问题的具体分析，被这种内在逻辑引领，必然脱离实际，导致从概念到概念的结局。这种方法不是追求如何保留和复现文学史的原貌，而是从意识形态考虑出发，以是否符合主流的价值观念来评价和书写文学史。于是，符合者得到了力推和赞扬，不符合者受到贬低甚至歪曲，这就造成文学史的主观性逾越客观性，编写者意志凌驾于原生态文学史之上的现象。一些文学成就不高、价值和意义不大的作家作品和文学思潮写进了文学史。反之，某些原本不应遗漏和错过的作家作品和文学史实却被人为地降级、曲解甚至忽略。针对“以论带史”的偏颇，一些人提出了“论从史出”的历史研究方法，该方法要求史学工作者尊重历史事实，从史料出发进行分析研究，从中得出正确的结论。它意在强调史料的第一性，结论的第二性。在杨周翰版《欧洲文学史》中，主编在绪言中所提出的阶级论编写原则即是“以论带史”观念的体现。

随着时代的发展，外国文学史范式的张力在时间罅隙中逐渐形成和扩展。杨周翰版《欧洲文学史》的编写范式招致其他文学史范式的挑战，库恩认为，“在新理论的突现之前，一般都有一段显著的专业不安全时期。人们不难料想，这种不安全感是在常规科学解不开它本应解开的谜的这种持续失败中产生的。现有规则的失效，正是寻找新规则的前奏”。学者们观察到外国文学史编纂中存在的问题，意识到文学史范式存在的危机，提出新看法并多有实践，20 世纪 90 年代的“重写文学史”热正是学界集体追求范式转型的一次行为。不仅是外国文学专业，中国语言文学系的各个学科，都处于反思旧理念、探讨新概念和方法的热烈时期。外国文学研究出现了一些新的思考趋向，主要表现为：“对外国重要文论和文论家的研究逐步深入，加强了对 20 世纪以及 21 世纪初外国现当代文学的关注，对外国古典作家的研究更富新意，注重外国文学经典文本的现代阐释，外国文学史著作数量增加，外国文学学术史研究开始系统化，对外国文学现象做文化阐释和哲学阐释，中外文学比较研究成果显著，翻译研究持续升温等”。

“重写文学史”倡议起于文艺学和现当代文学界，学界对社会历史批评方法存在的问题进行了反思，对 20 世纪中国作家和作品进行了重新认识，而后逐渐拓展并深入文学史整体构架和研究观念的重新审视，形成了重写或重估文学史的各种观念。在外国文学界，尽管当时已经出版数量庞大的外国文学史，但总体上的修改与调整不多，并未产生令人耳目一新的版本。针对这一状况，外国文学研究界不断有人发出更新文学史观念和重构文学史的呼吁。多个外国文学会议均对重写外国文学史问题加以讨论：1995 年在北京大学召开的全国高校外国文学教学研究会的年会以“文学史重构与名著重读”为主题;2001 年 10 月，北京大学又举办了名为“欧洲文学和文学史”的国际研讨会，其中，欧洲文学和文学史编写问题是讨论的焦点。

“重写文学史”热潮的出现，正是寻找“新规则”的前奏。但新规则的确定并非一蹴而就，意识形态、学术观念和学术方法的转变往往会历经一个漫长的过程。外国文学史迄今虽未形成理论的建构，但在学术论文与专著中，有众多学者就此问题提出了一些颇具深度和意义的观点。从这些观点中可见，一些曾被认为是真理的原则与方法，如独尊现实主义文学的观念、阶级论方法等，遭到了广泛的质疑。库恩说，“一个理论的变形骤增，正是危机的通常迹象”，而“每一个被常规科学看作是谜的问题，从另一种观点看，都可被看作反例，因而被看作危机之源”，科学研究中是不可能不存在反例的。从“常规科学”的角度来看，“重写文学史”问题正是常规科学中的“谜”，而这个谜题仍未解决。在实践上，新时期以来的外国文学史，其整体的文学观和文学史观已产生了一定的变化，但是编写中存在的普遍问题是方法论的单一和阐释体系的碎片化，其核心是异构同质的，外表虽有差异，内在却趋于同一。所谓“重写文学史”，在一定程度上排除了政治对文学史编写的干扰，以“个人主体”话语代替了原先的“阶级主体”话语。对以往 17 年和“文革”时代阶级论的文学史观念做了一定的反拨，改变了“以阶级分析为框架，政治标准第一，艺术标准第二”的书写标准。但却未曾进一步地加深研究角度，并未对文学史研究的本质性问题提出质疑和挑战，多数是研究者更新外国文学史编写方法、理念的诉求。研究者们最关心的话题是“重评”，即对以往文学史约定俗成的作家作品，按新标准做出评价，重新确定他们的历史地位。宇文所安在《瓠落的文学史》中写道：“在与量子物理学平行的文学研究和文学史写作中，我们会发现：我们以前一直借以理解文学的种种具象逐渐变得模糊，边缘和疆界逐渐溶化。我们以前一直觉得十分明确和稳定的‘时代’‘作品’和‘作者’原来都可能只是一些复杂的变化过程……对于书写文学史的人来说，最大的挑战就是像在量子物理学里一样，描述文学和文化的变化实际上是怎样发生的。”当然，外国文学史并未发生如宇文所安所说的从传统物理学至量子物理学的飞跃，而是在渐积跬步，以达范式的再次转型。

二、新时期以来外国文学史的主要特征

新时期以来外国文学史的编写历程可以分为两个阶段。在20世纪80年代，外国文学界所做的工作多是正本清源，尽力将外国文学史编写恢复至正常轨道之上。表现出以下两个主要特征：

第一，用马克思主义文艺理论来阐释文学史现象。首先，文学观和文学史观上有所变革，但并未完全摆脱旧有的二元对立的思维模式。其次，科学共同体初步形成。外国文学史多由集体编写，既有国家指派，也有各地方高校的主动参与。编写者大多是专业从事外国文学研究的专家，受过相应的专业训练。以杨周翰版文学史为例，杨周翰、朱光潜、吴达元、赵萝蕤、孙凤城、吕同六等多位国别文学研究的专家均参与其中。最后，这一时期的文学史，以教学需求为重。20世纪90年代之后，外国文学史处于范式的转型时期。外有西方理论思潮、文学史著作的大量涌入，内有学科及教学方面的改革和试验，在两者的合力作用之下，外国文学史编纂者积极开拓视野，汲取新知，尝试摆脱过去的思维定式，整体呈现出朝气蓬勃、锐意进取的态势。这一时期外国文学史的主要特征表现为以下两个方面：首先，编著标准渐由政治性为重转移到政治性、审美性和文学性并重，文学史观念更为开放和多元化，体现了从注重“连续性”的“总体思维观”到对“非连续性”的关注的转变。随着西方结构主义叙事学、解构主义和新批评等主张文学本位的理论思潮的引入，文学史观念得到一定更新。文学史家开始使用新的自律论方法如文本批评、形式主义方法等进行编写。如伽达默尔所说：现实历史总是表现为一种从旧到新的不断转变，而这种“转变（Ubergang）的经验，严格讲来，并不确保连续性，相反，倒证实了非连续性”。“非连续性”也是福柯在《知识考古学》中所着力阐释的一个概念，历史对福柯而言，不是一种各个事件接连发生的、线性的叙事，相反它可能是断裂的。一种话语秩序可能会断裂、瓦解，而把事物让位于另一种新的秩序。笔者在此借以指外国文学史嬗变过

程中的断裂性及偶然性现象，例如，以风格划分文学史时期方法的运用。此外，比较文学、文化理论、后现代主义和后殖民主义等理论和方法的广泛渗透也促使文学史的编写更加多元。其次，文学史的科学共同体已正式形成，从事外国文学史编写的文学史家队伍渐趋壮大与成熟，有了郑克鲁、李赋宁、蒋承勇、王忠祥和聂珍钊等一批活跃的外国文学史家。集体编写成了最主要的外国文学史编写模式。但就总体而言，优秀的文学史著作仍屈指可数，重复性的写作乃至拼凑的现象，在编写中不在少数。科学共同体的扩大化及专业性分工的加强，令新时期以来的外国文学史所涉及的类别更多、范围更广，以往较弱的德国文学史、女性文学史、散文史、拉丁美洲文学史、加拿大文学史、澳洲文学史等，均有相关著作出版。

第二，在对待古今文学的态度上，多数文学史采取厚今薄古、详近略远的原则，更加重视 20 世纪以来的外国文学。对经典的批判标准发生一定的转变，普遍关注了以往所忽视的文学史现象，如现代主义和后现代主义文学等；大文学观渐受关注，一些学者提议将中国文学纳入世界文学史进行书写，以往虽已有类似体例的文学史出现，但其编写效果不尽理想；而在文学史类别上，除却作为教材的外国文学史，学者专论型文学史开始涌现，由于意识形态性的削弱和个人意识的张扬，此类文学史通常更富有个性色彩，在学术价值方面也并不比教材型外国文学史弱；由于文化市场的迅速膨胀和读者需求的增加，通俗类和史话类外国文学史的出版数量也不在少数，但这一类文学史的通病是缺乏深度，面貌相似。

第三章　新媒体时代跨文化交际视角下的外国文学研究方法创新

第一节　新媒体与跨文化传播

一、新媒体与跨文化传播的理论脉络

跨文化传播研究的终极关怀是必须实现和文化之间的有机融合，以此实现全面和谐的最高价值理念。新媒体实际上就是数字新媒体，其都通过数字化形式进行信息存储、处理、传播，逐渐发展成了跨文化传播的重要载体，所以，新媒体与跨文化传播研究中的理论脉络得以渐渐展现。新媒体和跨文化传播之间的内在关系与实践发展在很大程度上推动了学术现实关怀的衍生。

（一）新媒体对跨文化传播产生的推动力

1. 拓展了传播渠道，丰富了传播内容

在新媒体技术的推动下，新型跨文化传播媒介直接影响着人民群众的日常生活，而且新媒体还扩大了传播容量，实现了先进数字化技术的有机结合，使跨文化传播更加立体化，人们可以获得声影画等立体式的文化体验，以此扩展了传播途径，丰富了传播内容，促使传播内容更生动化与形象化，以便于多角度、全面向全世界展示我国的文化魅力。此外，借助新媒体，跨文化传播还可以借助新媒体拓展传播渠道，实现全球互联网技术与各种形式的移

动终端共存，从而在全球范围内广泛传播我国文化，并将多元文化主义直接从听觉和视觉延伸到世界的每一个角落，世界各地的人们可以自由、独立地获取文化知识，而不受地理、年龄、职业等外部因素的影响，随意下载感兴趣的文化产品，从而增强我国文化的国际影响力。

2. 增强了传播的开放性与交互性

新媒体在跨文化传播中的有效应用，可以大大强化传播的开放性与交互性。文化传播实现高效双向交互，人们可根据自身兴趣，自主检索阅读中国文化。引进先进的互联网技术或移动终端评估我国文化产品，并反复阅读浏览感兴趣的文化作品，将喜欢的文化产品推荐给其他人，实现学习感悟的交流，与我国文化产品发布者实现网络沟通与实时交互。所以，无论身处何地，文化传播者就可以成为文化传播受众，文化传播受众也会成为传播者，进而实现文化交互，强化跨文化传播开放性与交互性，以便于中国文化高效传输给外国受众，得到全世界认同，使中国文化传播水平与国际影响力提升，以此带动中国文化传播事业的长远发展。

（二）新媒体与跨文化传播的内在关系和现实关怀

随着数字化技术的快速发展与制度化构建，实现了人们社会实践方式的重构，这些社会实践成了衍生多元化跨文化传播方式和理论创新的内生动力。这种新型技术不仅赋予了每个人描述客观事物运动状态及其变化模式的能力，而且使作为一个社会人能够在社会主体的运转中获得自我展示的方式。个人的解放使新技术的变革成为当前社会转型的基本力量，这直接体现在跨文化传播的路径选择上。新媒体在不断重构跨文化传播格局、思路、实践方式，其带来的媒体融合导致信息快速、立体化融汇到世界各地，语言障碍在不同文化群体之间在翻译软件和语言学习等不断弱化的趋势下，跨文化传播表象直接通过媒介得以扩散，数量也不断增大，影响逐渐增多，速度渐渐加快。但是，新媒体和跨文化传播使得人们不断体验和反思在全球化时代，人类社会发展和跨文化转向、融合等各种不能逃避的时代命题。

新媒体对于跨文化传播社会实践的影响也在不断突出。其一，就国家间层面来看，全球化和区域利益之间的冲突所造成的国家之间的文化冲突也比较显著，甚至还会上升到意识形态之间的对话。其二，就组织间层面来讲，数字新型技术已经渐渐推动了企业之间与社会团体之间的跨文化联系越来越普遍化与密切化，尤其是在非政府组织之间的全球化联动下，其在环境、宗教等各种文化话题上实现了时空交错和情景交融的线上线下全面接触，并进而转化成了具备一定影响力的社会行动。其三，就人际间层面而言，新媒体在很大程度上促进了全球化接触与联系，民族性格、思维方式、价值观念的差异，直接突破了物理时空的局限，实现了跨文化之间的交流与沟通，文化之间的交流、理解、适应正在不断凸显出强大的生命力。

新媒体与跨文化传播的内在联系和实践的发展引发了学术界对现实关怀，呈现出小规模、观点多样、视角不同的研究图谱。数字技术对传统世界的颠覆性改造，促进了文化多样性的不断扩散，多元文化的爆炸性释放和文化间的宽容，使虚拟世界的跨文化交流呈现出一种神秘景象。特别有趣的是，虚拟世界中的身份认同与传统世界有着很大的不同，从而推动了此领域的新探索。

（三）新媒体在跨文化传播中存在的主要问题

1. 内容方面

（1）加工层次创新性不足。中国文化内容的处理水平仍然相对较浅，许多内容都是传统媒体内容的简单再现和数字化，如电子书、报纸和杂志的电子版本，以及电视和视频的简单编辑等。根据新媒体的特点，大量产品并没有充分发挥其独特的优势，开发新媒体的专属内容体系。此外，有明显的同质性、复制、模仿等现象，内容的独特性和创新性明显不足。

（2）特色不明显，资源开发利用不足。我国的新媒体不足以充分开发和利用具有中国特色的文化内容资源，而且文化资源的挖掘尚处于起步阶段，报道的深度、广度、准确性、可信度远低于传统媒体。对传统文化的关注大于当代文化，显然不足以展示中国文化的新发展。

（3）更新与贴近受众严重不到位。新媒体在更新、调整、贴近受众等方面的文化内涵尚未到位，往往追求技术手段的应用，却严重忽视了受众对内容的需求与兴趣变化，导致文化产品缺乏长期传播的热度与生命力。

2. 传播方面

（1）受众发展不均衡。新媒体在各个领域的发展不平衡，手机和网络的市场份额远高于数字图书、数字报纸等，使文化产品的实际传播渠道略单一，娱乐化趋势明显。而且新媒体主要通过数字技术传播，这说明新媒体的输出是电子设备，从而在知识水平较高的年轻人和群体中传播更加广泛，而对其他群体的传播影响并不大，这就导致了新媒体跨文化传播在不同受众群体中的发展不均衡。

（2）从业人员专业化水平较差。我国新媒体专业化程度不理想，人才培养体系还不健全，许多从业者来自传统媒体产业的转型，对新媒体传播特点的把握和利用还有待进一步完善，这些都是增强新媒体跨文化传播能力的必要条件。

（3）管理不到位，利益分配不平衡。我国新媒体的管理经营还存在许多问题，如产业链各环节的责任和权利区分不清，经营利润分配尚未形成公平合理，参与各方共赢共生、可持续发展的成熟模式。

（四）提高新媒体的跨文化传播能力的有效对策

1. 加大政策支持力度

在落实相关标准时，各级政府还应加大对新媒体行业发展的支持力度，出台详细的政策与规范，创造有助于行业发展的良好环境氛围。新媒体行业的更新速度非常快，手机媒体和网络媒体等多元化传播形式也越来越专业，新媒体行业分工也极具针对性与分众化，亟须针对新媒体各领域加强规范标准化管理，确保其顺利有序运转，并积极协作，渐渐构成立体化与多元化的新媒体跨文化传播体系，以此形成传播合力。

2. 深层挖掘文化资源

坚持以内容为主的原则，深层挖掘我国优秀的文化资源，全方位展现我国文化魅力，构成创新性与独特性新媒体内容体系。而新媒体内容的科学合理选择应全方位展现并解读我国传统文化，凸显出我国文化的深层底蕴与人文精神，同时兼顾展现我国文化发展的现实成效，切实体现出我国文化的时代性与强大活力。另外，吸收并借鉴其他国家优秀文化精髓，实现多元化文化的深层交互与融合，弘扬我国文化的开放性，强化我国文化在世界范围的影响力。

3. 优化传播途径

新媒体跨文化传播途径的优化，能够获得良好的传播效果，扩展新媒体传播途径，合理利用新型传播媒介，促使文化传播更加多元化和简捷化，吸引世界民众积极关注我国新媒体文化产品。同时，还应充分尊重其他国家的文化习惯，以其他国家民众理解的方式进行我国文化传播，以此提高传播的交互性和创新性，实现生动形象的传播效果。另外，还应就受众反馈的情况，及时更新并调整新媒体文化产品内容与传播途径，促使其长时间保持强大的生命力和影响力。

新媒体和跨文化传播之间的融合发展属于系统性工程，融合发展现状不容乐观，需要正视现状，加强文化传播产品的加工深层次，并凸显出新媒体文化传播的创新性，重视我国文化特色的传播，综合考虑国内外受众的内在需要，全面提高工作人员的专业素养与能力，并实现强化管理，以此提高新媒体下的跨文化传播能力，进而促进跨文化传播行业的长远稳定发展。

二、基于“互联网 +”的新媒体跨文化传播效果

当今社会，判断一个国家的综合实力，已经不能简单地依据国家的经济实力和军事实力等硬性实力，还要依靠国家文化软实力。一个国家彰显自身文化软实力最好的方式就是促进自身文化向外传播，实现文化产业“走出去”，这就涉及跨文化传播的途径和能力问题。除了良好的国际环境以外，文化产业的跨文化传播，依赖先进的传播媒体和传播技术。在当今社会，互联网行业迅速发展，推动“互联网 +”时代来临，催生出的新媒体行业在跨文化传播的过程中发挥着至关重要的作用。

（一）“互联网 +”时代下的新媒体

现阶段，我国互联网高速发展，互联网行业与其他各种传统行业的融合速度加快，通过互联网信息通信技术创建的网络平台，传统行业能够实现完全不同于传统的行业运营模式，两者深入融合，相互促进，能够实现新的行业生态化发展，传统行业在互联网高效的社会资源配置和强大的信息集成作用下，提升了自身的创新力和生产力，这就是“互联网 +”经济形态。新媒体行业就是“互联网 + 传统媒体”所诞生出来的新一代新型媒体，它凭借着强大的即时性、交互性、共享性、广泛性，迅速抢占了大量的媒体市场，成为继广播、电视、报纸、杂志之后的“第五媒体”。

（二）跨文化传播的必要性

由于地域、宗教、习俗的差异，不同地区的人们之间存在着明显的文化差异，彼此之间互不理解，很容易对其他文化环境中的人产生刻板印象和误解，在经济全球化时代，国家间的经济交流不断，世界已经俨然连接为一个整体，需要不同文化之间人与人、民族与民族、国家与国家、文明与文明之间相互理解和包容，消除文化误解，减少文化冲突，这就需要让文化内部的人接触到其他文化内容，认识其他文化的最真实面貌，因此，跨文化交流是消除文化误解的重要方式，也是当今世界融合的必然选择。

（三）基于“互联网 +”的新媒体文化传播效果

1. 新媒体创新了跨文化交流的途径

影视作品是跨文化传播的重要依托，它能够以直观的感官刺激向外传播作品中蕴含的本土文化特色，相较于书籍、音乐、绘画，影视作品更加直观，对欣赏者的能力要求也比较低，因而是最具普遍性的跨文化传播载体。现阶段，每个国家都特别注重在影视中添加本民族的文化元素，如美国好莱坞中体现的“美国梦”以及个人主义、英雄主义理想崇拜，典型的超能力电影《超人》《复仇者联盟》系列就是最好的例证；印度电影《我滴个神》《护垫侠》《摔跤吧，爸爸》等电影在欢声笑语中讨论宗教、女性卫生、个人奋斗等严肃话题；

日本动漫成为日本影视的代表，《龙珠》《柯南》《火影忍者》《哆啦 A 梦》《海贼王》等凭借剧情的创新性和趣味性在全世界各地都收获了自己的粉丝；中国影视业起步比较晚，但是发展速度快，《霸王别姬》《红高粱》《叶隐娘》无一不具中国传统文化和传统美学，这些作品向国外传播的过程中，也带动了中国文化向外传播。

传统意义上的影视传播依靠胶卷、影院，但是在新媒体时代，影视作品可以通过互联网络技术和移动通信技术实现超时空传播，各国的视频网站纷纷推出视频播放平台，收集各国优质影视资源，用户借助手机、电脑等智能移动终端，只需要花费少量的资金，就可以便捷地获取影视资源。影视传播不再仅限于影院，在新媒体的帮助之下获得了更为广泛的传播。

2. 新媒体增强跨文化传播的开放性和交互性

在新媒体时代下，每个受众都不仅仅是跨文化传播的客体，他们也是跨文化传播的主体和传播者，各国民众通过各种社交网络，将官方的跨文化交流延伸到普通民众之间，使跨文化交流真正涉及每一个人，其跨文化传播的效力和影响大幅增加，这一切都源于新媒体的开放性和交互性，为用户提供了双向交流的社交通道，人们不但可以对自己看到的信息进行评论，还可以将其转发，促进信息的进一步传播，使跨文化传播的受众范围不断增加。同时，新媒体内容制作周期短，只需要对采集到的信息进行简单的编辑排版，就可以快速地通过互联网实现大面积传播，这就大幅提高了信息传播的效率，中国国内发生的重大事件可以在很短的时间内通过新媒体跨文化传播到国外，提高了跨文化交流的时效性，跨文化传播的质量和能够取得的效果也显著增强，增进了不同文化间人们的互相了解。

基于“互联网 +”的新媒体创新作品传播的途径、增加跨文化传播的开放性和交互性，使跨文化传播的节奏更快、范围更广，受众更多，影响更深远，从多个角度促进跨文化传播的效果。

第二节 新媒体时代外国文学研究方法的理论跟进

传统的文学研究，无论是在理论方法还是研究对象上，在今天已经出现了很多变化，并且一直在寻求和尝试新的研究方法和出路。这其中除了理论层面本身的不断革新外，数字技术和网络通信科技成果在人文领域的发酵也是非常重要的因素。20 世纪后期诞生的现代通信与数字技术，发展到今天已有 30 余年。回顾这 30 余年的发展史，从最初的计算机互联网的迅猛发展与推广应用，再到最近十来年智能手机的普遍应用，资讯科技技术经历多次创新，从硬件、软件上我们可以看到内容与平台的创新演变与转型。如今，资讯科技以技术性介入，融合多媒体交汇服务，并跨越文类边界，具有强大传输、编辑、交互功能的新兴媒体相继涌现，包括 Facebook 和 Twitter 社交媒体、BBS、播客、电子出版物以及智能手机等凭借计算机、手机或其他电子设备的网络服务终端构筑起的新媒体平台。这种资讯科技以持续性技术创新不断开辟“新战场”，撼动了传统媒介的霸主地位，昭示着数字技术与网络通信传播服务打造的“新媒体时代”的到来。新媒体的数字网络传播服务，在科技创新进程中，持续走强，不断拓展自己领地的广度与深度，开启了一个资讯生产与传播的新时代。人类的媒介形式，经由手势交往、语言传播、纸质印刷传播，到广播影视传播，再到当下新兴媒体形态，每一次的更新换代，都对社会的结构、生活方式、思维方式乃至价值观念带来巨大冲击，这并非只是媒介所承载的内容造成的，更是新时代媒介形式本身带来的影响。新媒体虽有多种表现形式，但无论是手机平台还是电脑终端，最本质的特性就在于它们都是以互联网数字通信技术为基础。数字技术与网络通信技术的普遍应用，使人类文明从工业社会迈向现代电子资讯社会。网络超文本、超媒体、播客等新兴科技形态改变了传统封闭的文本结构、单向信息传递方式与线性阅读习惯，新媒体的交互模式消解了数字网络世界中身份的中心化与绝对权威性，可编辑的资讯科技软件采取技术介入传统创作过程的方式，使文本可以随意被更改、重写、重组。一言以蔽之，以文本（包括文字、图像、音频和视频）为主的后现代现象正逐渐成为主流的数字网络资讯呈现形态，凭借其开放、共享、交互、非线性、多元性、即时性、去中心化、去地域化等特征和优势条件，构建了新的场域。

新媒介场域所担负的使命远非只是承载文本的平台和传播途径的拓展与革新，对于文学研究而言，其更重要的意义在于它成为生成新的审美特征和学术理念的温床。外国文学作为被当代资讯科技率先激活的文化资源之一，再一次充当了“社会雷达”的角色，超前反映了科技发展中蕴涵的变动。在这个意义上，外国文学研究的理论跟进必然是其中重要一环。数字技术和网络资讯科技所带来的文明成果，在为外国文学的文本呈现形态、传播方式方面带来诸多新变化的同时，成为外国文学研究发展的积极动因，并内化为其自身的重要构成部分，扩展了外国文学研究的领域，推动了外国文学研究思维“与时俱进”的变革与转型，这也是外国文学研究紧跟时代的脉搏必须直面的重大问题。

一、新媒体时代的显著特征及其对外国文学研究的冲击

新媒体时代，传统印刷媒介不断革新，实现了从文本内容到传播平台的创新演变与转型，其关键就在于文字、图像、影音等文本借助硬件和软件的持续创新而进行的数字化、网络化技术性处理。这并非仅仅是将印刷品“移植”到电子设备平台那么简单，更是以新数字信息技术手段颠覆了其内在的结构和组成要素，改写了它原有的审美习惯和价值标准，其中超文本、超媒体、微信息可为突出代表。

作为资讯科技所催生的早期重要类型之一，超文本一直都是数字网络平台最为流行的载体形式之一，一度流行于20世纪90年代末的文学和文化研究，至今仍方兴未艾。有人认为，超文本的最大特质就是计算机技术发展带来的人机交互界面以及超链接技术与文学的联姻，也有人以“超链接性”与“互文性”概括其最大优势，无论是哪一种观点都清晰地表明，资讯科技将传统

的文本形式与内容带入了一个“数字化生存”的世界。

一般认为，“超文本”一词为美国学者特德·纳尔逊（Ted Nelson）所创造。1967 年，美国布朗大学的纳尔逊教授首次提出了超文本这一术语。按照纳尔逊的阐释，超文本是“大量的书写材料或图像材料，以复杂的方式相互联系，以至于不能方便地呈现于纸上。它可能包含其内容或相互关系的概要或地图，也可能包含来自已经审阅过它的学者所加的评注、补充或脚注”。超文本以一种全局性的信息结构和文本模式，将不同的文本通过关键词建立链接，使文本得以交互式搜索。节点（nodes）、链接、网络是构成超文本的三个基本要素。从某种程度上说，超文本与非超文本的区别，也就是非线性文本与线性文本的结构形式分野。在超文本中，不同的节点通过不同的链接、路径相互作用，连接成一张永不完结、永远开放的网络系统。这种新的网络数字技术催生的文类，在当今网络平台上已成为通用格式并已常态化，彻底翻转了作者为文本内容和形式唯一创作者的传统观念，越来越多的数字技术介入文本的产生、呈现、传播过程，直接影响了文本的最后成果形式与诠释方法。超文本具有开放性、互文性和阅读单元离散性的特点，打破了文本的内外区别。非线性阅读使读者得以自由地穿梭于文本网络之间，不断改变、调整和确定自己的阅读中心，获得属于自己的意义。这有点类似于罗兰·巴特的“理想文本”（ideal text）中“文段”（lexias）的解构式概念。按照罗兰·巴特的说法，在“理想文本”中零零碎碎地联系着彼此的文本单元生产了无以计数的意义。他心目中的理想文本，就是一个纵横交错、相互作用的无中心、无主次、无边缘的开放性空间。这样，在《S/Z》中，他将巴尔扎克的中篇小说《萨拉辛》划分为用数字编号的 500 多个“文段”，而在《爱伦·坡：一则故事的文本分析》中将文本分为 17 个“文段”。“文段”是按文本空间顺序划分的，但文段可根据内容附以主题标志，另外一种分类法则是预先选定内涵广狭不等的修辞学单位系列。这种观念呼应了杰伊·博尔特（Jay David Bolter）在《写作空间》（*Writing Space*）中的观点，也就是书面文本的演进历经一个零碎、分裂和重组的漫长过程，此中写作 / 阅读的分界面变得更为灵活并具有交互性。

超文本是一个非中心化、主客不分、无层级化的体系，在这个体系中的各种构成形态保持不停歇的动态潜质、不间断的多元链接和难以数计的重构与组合。其繁复多姿的链接与游牧的可能性，呈现的是一种后结构主义美学观照和后现代空间与文学间性的逻辑相通性。可以说，审视数字化网络对文化知识传播方式产生的颠覆性变革将具有重要的价值与意义，也将开启一条外国文学作家等一系列文学经典化与再延存研究的新路径，文学经典的网络化或网络化的文学经典便形成任由受众随机性操作的阅读网络。德勒兹和伽塔利将构成“块茎”的“高原”称为文本的碎片，认为书籍不是由章节而是由“高原”构成，多元的“原”构成一种相异共存的离散平台，因此，受众能够或者说可能从任何地方开始阅读，并且能够联系到任何其他高原。编年的缺席，错乱的时空，形成一个德勒兹和伽塔利所说的后现代网络“民主原”或“竞技原”。依照这种观念审视超文本中外国文学作家文献资料或文学著作，其多元关联性、超文本链接性、互动性特性得到了充分体现。可以想象，超文本结构，精心建构了独立自主又彼此链接的“块茎”结构，解构了传统的著作，并将之粉碎为离散时空、杂乱无序的碎片，通过数字技术和网络科技传输给最广泛的受众。

然而，随着影音介质的日益数字化和网络化，纯电子文本和超文本变成更为复杂的数字媒介的基础设施，新媒体界面逐渐收集人类新的感知和新的设计策略，形成多元共存的新媒介格局，超媒体类型随之而生。超媒体是当下数字网络平台中处于绝对优势地位的信息组织模式。超媒体可以分解为“超文本”+“多媒体”，它是对原初的超文本形式的进一步发展和补充。因其对象远非单纯的电子文本，更糅合了丰富的图像和视听资源（图形、图像、声音、视频等），跨越了领域与内容之间的鸿沟。在那里，哲学、电影、文学、音乐以及技术能够共存，并且能够彼此对话。在超媒体平台下，不仅文字资料与数字化结合起来了，而且文本、图像、视频和音频等资料也通过资源数字化路径得以上传、存储、访问、增补、检索和再编辑重组。当下的外国文学研究者，可以肆意畅游于丰富、多元的网络信息世界。在这种新媒介的冲击下，文学传播和外国文学研究思维被进一步活化了。

微信息，是基于 Web2.0 或 Web3.0 特征创造的数字网络科技平台，带有数字技术即时介入、可编辑、实时交互功能。相对于最早的以网站为中心的封闭、单向的网络平台模式而言，其更大的优势在于自主性、开放性，赋予用户充分的话语权，用户可以随时编辑、制作、发布各类信息（包括文字、音频、视频），实现用户对用户的双向网络服务模式。可以说，微信息是继超文本、超媒体之后因科技和网络形式进一步革新而形成的新媒体类型。它的诞生，再次增强了数字科技对其他领域的冲力和渗透力，同时也为文学的发展带来更大的活力，其表现形式有博客（Weblog）、微信、BBS、播客等。“播客”是“博客”的一种新的衍生物。这个词最早在 2004 年 2 月 12 日由本·哈默斯利（Ben Hammersley）在《卫报》中报道可以下载收听音讯内容相关的科技现象时提出。同年 9 月，丹妮·乔治（Dannie Gregorie）用 Podcasting 来描述自动下载和订阅音讯档案，接着注册一些相关的网域，随后其他一些学者也开始频繁使用这个术语。虽然不同学者的界定与侧重不同，但大体上可以总结出“播客”具有三大特性：个人性、随机性、主动性。任何人只要有可以上网的电脑，就可以创造自己的内容，不需要审核，也不需要建立一个广播电台。同时受众具有高度的自控权，可以自由点击选择想要的内容，不必再像以前总是等着电视台或者电台提供节目。随着科技的发展及其在人类各领域的渗透，播客风潮广受关注，于是个人、传统媒体、教育界与文化产业界都纷纷推出自己的播客。播客给传统媒体提供了一种接触受众的新方式，并且可以借由这个新平台来拓展受众群。

一般来说，相对于大家早已熟知的博客而言，播客虽然也是立于一定的软件程序通过个人化的方式在互联网上发布资讯，但是本质上两者差异明显，博客传递的主要是文字、图片方面的信息，而播客承载的主要是音频、视频方面的内容。而且正如前面所述，播客完全改变了以往对信息的被动接受方式，普通大众不再是被动地接收内容，每个人都成为创造者；同时，它还能够记录下生活的点滴和感受，并与来自五湖四海的网友分享。不仅如此，有些播客网络还包纳了以往的博客功能。在播客的出现及后续发展中，最初由音频节目占优逐步让位于视频类型的节目，显示出这种新媒介强大的发展潜力。

倘若按照传播学的视角论之，播客为漫游于网路公路的使用者们构建起一种新型的话语平台，受众从最初的纯粹被动接受者质变为信息的制造者和播散者。借助已搭建的网络播客平台，生产、掌控信息的权力被“下放”给每一个使用者。这种运作方式，模糊了媒介与受众之间的边界，破除了传统媒体对传播话语权的绝对主导和支配地位，使个人用户能够在广泛渗入其中的同时，获得了一定条件下自主创造和表达的机会。在网络环境里，播客用户创作和转载的短片，大多变成一种脱离了具体语境的碎片，各种类型的大量碎片充斥其间，网络成为一个万花筒。

可以说，无论是超文本、超媒体还是微信息，都是新媒体时代文学研究的最重要的课题之一，因为相关的研究已成为理解文本大众化、离散化、影音化、播客化、信息海量化、实时交互化等新数字技术处理功能的聚焦点和逻辑基础。传统文学作品不断被改编，不断被以电子文本、播客甚至在线电影的形式呈现出来，在不同媒介之间流动，借此以“媒介整合”的模式将文本多维度地凸显出来。这些新的数字技术媒介形式，正在影响着并将持续影响外国文学研究朝着适应新时代语境重新选择的方向发展。聂珍钊先生曾对超文本和超媒体对外国文学研究的意义概括为三个主要方面：“①迅速全面地获取进行研究的数字化文本信息。各国作家创作的作品、手稿、通信、研究专著、学术和学位论文等，通过互联网这个载体，可在世界范围内不同的资源站点之间真正做到资源共享。②迅速获取研究所需要的声音、影像等多媒体信息。各国有众多作家的作品经过改编变成了戏剧、电影，这些作品经过技术处理成为电子资料，如录像资料，有关作家、作品的图片等，都可在网上使用多媒体工具进行传播，给研究者提供多元信息。③在网络平台上实现信息交流。‘上网’已不仅为了获得信息，而且进化为发布信息，使研究者之间能够实时交流、沟通，进行学术探讨，从而实现学术研究在方法上的更新和革命。”聂珍钊先生的观点，恰好充分体现了数字化世界迅捷化、信息海量化、共享化、跨文类化以及交互化的优势和特点，必将对外国文学研究的发展方向和思维开拓产生深刻影响。

当然，许多年长的知名外国文学学者及一部分潜心钻研的青年学人，并不单纯依赖数字资源化平台就能做出成就。但不可否认的是，这些研究者正或主动或被动地逐渐融合现代信息技术大潮之中，调适自己的研究策略以应对新媒介的渗透带来的冲击。面对如此海量、便捷的数字化信息储存和获取途径，无论多么传统的学者都不可能置身事外，更难以抵御这种现代科技成果在统计、检索、文献的处理及相应的智能化操作等方面与传统手段相比所具有的强大诱惑。外国文学研究者必须积极应对这些新的挑战，把握新的时代机遇，谋求外国文学学术方法上的更新和研究领域上的拓展。

二、新媒体平台在外国文学研究领域的应用

数字化网络媒介对外国文学领域的影响，引发了外国文学研究对新的信息化技术平台的吸纳与融合，催生了新媒体空间在外国文学研究领域上专业性的实际应用。研究发现，这种实际应用本质上并不是以资讯科技为辅助角色，而是将数字资讯科学技术的持续创新内化为学术意识和学术观念的构成部分，并立足于数字网络通信资源的优势，使其与新时期外国文学研究共生共荣。

数字技术与网络资讯科技在外国作家作品及相关文献资料的文本格式转换、海量信息储存与检索、互文性的阅读和访问体验、公众参与和自主性、实时的学术对话等方面大有可为。实际上，从当前网络信息资源存在和运行的特征来看，它们在资源共享模式和利用方式上存在着较大差异，它们对外国文学研究的效用也不尽相同。根据外国文学研究信息资料类型与获取方式的不同，主要可分为基础文学资料（包括全文型文本资源、专题型信息资料）、学术型数据库、微信息（交互型或实时对话型）等类型。这些网站或数据库一般都是由官方、组织或个人建立，或营利性或半公益性或纯公益性，但在新媒体平台上这类信息类型之间并不绝对割裂开来，有分散独立，又有交叉融合。

全文型作品资源，泛指一系列通过网络通信平台直接出版发行的数字图书和报章杂志，还包括各类纸质印刷文本的数字网络版。国内外出现了一

大批相关网站或电子数据库，它们都以纯电子文本甚至是超文本形式呈现出来。电子出版物或网络版，如墨尔本大学电子出版物收藏网（http://www.lib.unimelb.edu.au/eprints）、意大利电子书网站（http://www.ebookgratis.it）、印第安纳大学国际文献档案库（http://dlc.dlib.indiana.edu/dlc）、读秀电子图书等；外国文学类网站，如Pophangover、The Literature Network、Granta、Electric Literature's Recommended Reading、Poe3等。这种新的信息技术平台不仅仅开启了外国文学再现经典或重塑经典的大门，而且也为现代人提供了一条怀旧的通途。值得注意的是，当文学爱好者们实践最新的数字技术时，他们常常将经典外国作家作为重点关注对象。以The Literature Network为例，该网站为用户提供了各类经典文学文本，包括小说、诗歌，甚至语录等。用户在上面不仅可以搜索原文，还可浏览名人自传、相关文献引用等信息。Poe3则专门为原创英文诗歌提供发布和配图功能，让用户分享和感受诗歌的无穷魅力。

影响更大的要数“古腾堡工程”（Project Gutenberg，www.guten-berg.org）。该工程于1971年由米歇尔·哈特（Michael Hart）提出并创建，其目标是致力于将文化著作（包括文学）数字化、档案化，并予以免费传播和网上共享，这也成为世界最早的数字图书馆之一。许多传统的纸质印刷品被转换成纯电子文本。一定程度上也可以说，“古腾堡工程”开创了一个电子文本的新时代。时至今日，这个项目仍致力于以持续公开的形式且以包括中文在内的几十种语言，为世界各地网友提供免费电子图书。此项目的子计划即宾夕法尼亚大学支持的“在线图书网页”（The Online Books Page），延续了原有的传统和策略。爱伦·坡、马克·吐温、霍桑等一大批外国经典作家的文学作品被纳入“古腾堡工程”之中，比如说爱伦·坡的《厄舍府的倒塌》、《乌鸦》等几十部作品被制成纯电子文本，甚至《梦中之梦》等十几部作品还被做成MP3音频文件，供用户免费网络共享。

就爱伦·坡而言，除了前面提到的“古腾堡工程”，20世纪90年代是爱伦·坡的作品被制成纯电子文本或超文本的另一个高潮期。内布拉斯加大学奥马哈分校的学生朱蒂·波斯（Judy Boss）将爱伦·坡的作品数字化，并且借用了汤姆·艾米（Tom Almy）的“Bitter Butter Better”电子公告牌予以呈现，网址为 http://www.aracnet.com/tomalmy/bbbbbs.html。不过，该网站于 1996 年关闭，历时四年多，累计为网络用户提供了近 50000 本电子图书。可以看到，无论是个人还是一些团体机构相继进行的爱伦·坡文本的电子化计划，使得爱伦·坡在数字网络虚拟空间中变身为一个文化“调制解调器”，从而有助于世代沟通，缩小受众年龄和文化背景之间的差距。尽管这仅仅是从纸质页面转换到电子屏幕上，但以爱伦·坡等为代表的外国文学经典作家原初纸质文本在呈现平台的更变上却是一种根本性变革（当然，这也包括当代的一些直接在电子平台上撰写作品的外国作家）：一是文本碎片分裂及重组显示出更大潜力。尽管电子文本的内容表面上看上去与印刷著作一样，但是电子文本的灵活性和互动性已经潜伏在数字格式中。纸质的稳定、线性和序列写作方式将潜在地具有互动性、流动性及可塑性。二是在无摩擦的分配分销网络上文本流通更为广泛。电子文本模仿动态内存储存和信息获取的习惯。而且，在线电子文本为读者提供了一种完全自由的文本访问和无界性地复制的可能，这大大有助于经典作品的流通。在互联网的帮助下，相比以前的英语社区而言，受众能够更为广泛地在线阅读爱伦·坡和其他经典作家的作品。文本的虚拟性存储促进了电子文本的流通，并且提升了更年轻一代的互联网用户对于经典作品的阅读兴趣。实际上，年轻人在数字时代大多通过电脑阅读经典。热情常常纵横交错于现代技术和更为传统的文化形式之间，从而形成对两者不同寻常的深度认知和感受。

专题型文学资料网站，主要是由政府、组织或者个人围绕特定主题而构建的专题网站，其中一般性学术论坛、刊发（转载或原创）某类学术文章的网站以及以某个（类）作家或文学现象为基础建立的网站可为主要代表。第一类如 Full Stop、The Public Domain Review、中国学术论坛等；第二类如国际文化研究、中国学术会议在线、Am Magazine 等；第三类如诺贝尔学术资源网、爱伦·坡研究网、莎士比亚网上博物馆、克里斯蒂娃个人网页等。

以“爱伦·坡网上博物馆”（www.poemuseum.org）为例，它是一个信息和艺术品的储藏宝库，最初这些资源仅为学者们所用，学者们经常到访此地。爱伦·坡网上博物馆已经有效地践行了文本碎片的“实验”，更多离散数据序列、更为灵活的设计能够达到解构的零散和情节融合之间的平衡，并且在这种解构主义境遇中赢得了更大的流行度以及更加深刻的影响。大多数受众并不是从一开始就按序列来浏览，由于各部分尽可能保持相对独立，以至于新老读者可以随时随地涉猎文本内容，而无须太多“先前”的知识。我们完全有理由相信，随着爱伦·坡博物馆网站呈现形式的完善与成熟，许多跟爱伦·坡相关的珍贵文物和文献资料都能够为全球受众所共享。

“爱伦·坡研究网”（www.eapoe.org）是个以爱伦·坡为关联中心的网络站点，也是诸多编辑和设计者通力合作的结晶。这些材料都是由多个作者搜集或创作，体现出了超文本的主要特点，即取代了单一作者的传统身份而形成协同著作权。许多文章和材料固然以爱伦·坡的文本为中心旋转，然而网络结构除却了文本的中心状态。当一个用户点击有关爱伦·坡的文化和历史链接时，这些问题一时间会成为主要的问题，作家本身则隐居幕后。“台前”和“幕后”不断在超文本环境中转换，爱伦·坡研究网的多人合作使多元声音能够彼此对话，并且能够平等地表达自身。每篇文章或文本片段都有不可见的延伸至其他学术著作或相关页面的链接，那些链接具体地显示在网站的超文本图示和表格中，鲜明地展现了文本的互文性联系。

而且，爱伦·坡研究网的超文本结构提供了多个网络入口：正是一个无休止地去中心和再中心性结构凸显了数字文本的开放性。不像传统的书籍有一定的明确的开始、中间和结束的序列，人们可以自由漫步于超文本环境。这种网络结构在数字格式中升级了“高原”理念，进一步解构并消解了一本书的时空顺序和等级序列。作家和他的作品成为多媒体网络中的某些节点，其他材料能够平等地在这个网站中表达自身。

“爱伦·坡研究网”的超文本迷宫试图语境化、脉络化作家之间的复杂关系，以及作家的作品和其他历史背景之间的关系，超链接的网络层次具体体现了概念间的抽象联系。那些导航符号不仅体现了抽象内容的“互文性”，它们也涉及在更加漫长的线性历时文学史中原初孤立的作品及其作者。当作者们试图描绘爱伦·坡的一般性图像时，就特别有益于学生和业余读者，而这曾经是印刷文本格式难以实现和企及的。学生可以选择他们感兴趣的话题，也可以选择研究项目，这些都必须与已建立的有关爱伦·坡的文献网络建立联系，从而需要一个批注关键词的超链接数据库。这样一来，不仅文本的初版及随后再版的详细情况将明晰可见，每一个大的链接条目下更有进一步的标记关键词，可以重新定向到其他同属于此条目的诸多附属子链接的待读文件，而且这些文件还包含可能将指向其他文献的更多关键词。从中我们可以看到，作家及其作品是怎样在超文本环境中被解构的。这些网络大幅度重新配置了传统印刷文本的格式，转换了线性和序列阅读的传统习惯，将读者带入交互式数据搜索和协同写作的新体验之中。

微信息则突出用户自主性，赋予其充分话语权，这给传统的外国文学研究带来全新的生机和活力。就播客而言，播客在外国文学领域的应用已非常普遍，也非常活跃，还出现了一批具有影响的专门性文学播客，如 The Book rageous Podcast，定期向用户介绍和推荐诗歌、小说、戏剧等各类经典书籍；Other People with BradListi 定期发布一些著名作家的访谈录；名气最大的文学播客之一是 The Bat Segundo Show，其主要功能就是不定期发布各类作家的访谈录，包括一些成名作家和文坛新人。此外，微信息在外国文学领域应用较广的是博客和 BBS。专业性的文学博客，如 Lapham's Quarterly Roundtable，常常发布一些在内容上风格怪异的作品；Literary Kicks，这个文学博客有很多不错的作品，但缺点是更新较慢。外国文学 BBS 方面，国内如百度“外国文学吧”，各大学综合论坛的外国文学讨论组，芦笛外国文学论坛等。特别值得一提的是芦笛外国文学论坛，它是一家于 2005 年创办的外国文学专业性论坛，非常精细地按照国别划分文学讨论区。国外这方面走得更远，甚至经常借助数字媒介平台，组织一批学者实时地对某位经典作家进行专题交流；此外还有一些很有趣的交互性论坛，如 The Nervous Breakdown 的最大特色是“自我访谈”，作家自己可以对自己设问。

学术型数据库在当今学术研究领域的实用性和普及性，在此不多赘述。毋庸赘言，中外文的研究图书或期刊的数据库种类繁多，这也是学术研究者检索学术信息的最常用的途径。值得一提的是，在计算机信息技术直接应用于外国文学研究的较早实例中，语料库语言学方法，进一步在学术视野和技术融合上给外国文学学科开辟了新领地和新思路。这种语料库语言学与外国文学研究相结合的研究方法，自 20 世纪后期以来受到越来越多学者的青睐，其研究重心主要在于归纳与验证文本的语言特征，以及通过语料库的视角探究文本的“意义”。这其中除了要细读、分析文本及相关的文献资料外，还需要熟练操作相关的语料库计算机软件和掌握网络关联技术。

三、新媒体时代外国文学研究面临的问题与展望

上述类型多样的数字化信息源，共同构建起网络资源共享的“地球村”，为外国文学研究提供了无尽的学术资源。它们在外国文学及相关研究领域的应用，远比印刷文本和传统的学术思维更具灵活性和多维性。这一数字资讯空间构建的是一个立体的、人机交互的自主性与创造性场域，将其应用于外国作家作品载体革新以及学术思维方式的拓展上，会推动并强化外国文学研究更好地应对时代发展的新要求，并有助于寻求新近讯息技术与外国文学学术研究之间的契合点和新的学术生长点。当前亟待外国文学研究重视的议题之一，即是新媒介技术日新月异之下的外国文学研究者，如何以“与时俱进”的理论姿态和学术品格直面新兴资讯技术的持续创新发展。

毋庸置疑，当下的外国文学研究在审美意识和价值标准上与传统相比，已有了很大的变化，这表明既往的学术观念和学术思路在新的时代语境下被重新思考，正零散、潜在地朝着新的方向缓缓推进。但同时我们必须冷静地看到，当下的外国文学研究并未在传统研究模式与学术定位上发生根本的变革，其深层次根源在于传统的印刷文明虽然遭到了前所未有的冲击，但仍难言其在当下的终结。数字网络通信技术在改变传统文学赖以存在和发展的表现形式与传播方式中赢得了认可，开辟了自己的阵地，而印刷媒介在丢掉自己绝对的霸主位置后，仍然牢牢地把守着自己在外国文学研究中的主流位置。

网络数字技术与传统印刷文明属于不同的媒介形态和评价标准，当今这两大共存阵营之间既分散独立各尽其职，又交叉协作相互补充，既存在相互竞争，又有吸纳与整合之势。外国文学研究者面对这两者若即若离、纠缠不清的关系，切不可过于粗暴激进地认为新数字科技所催生的各种衍生物已占据了一切优势和高地，进而否定传统学术中各种既定评判标准和话语体系，更不可故步自封，对新生的媒介形态予以排斥，因为新的媒介不是可选项，而是历史的必然选择。这不是我们可以拒绝或接受的问题，而是应该如何接受与适应的问题。外国文学研究要在此语境下更合理地发展，就需要在激进和固守两端之外寻找“第三条道路”。

传统印刷时代的外国文学研究，主要是立足于资料的收集整理与阐释，本质上是一种文学资料的研究，它由一套从资料的查阅收集、整理分析、概括归结的常规程序构成，这套程序经过多年的实践运用得到了验证，非常合理、科学、成熟。但传统信息资源的产生、传播与利用，常常受到地域性、时空性和物质性的限制这一状况在现代信息技术时代发生了根本的变革。基于新媒体时代数字技术与互联网通信科技带来的全新传播功能，数字化呈现的各类网络信息资源已走向开放化、共享化、全球化、多语种化，实现了地区乃至全球的信息资源的网络化；加之网络信息量增长、更新快速，学术资源能够比以往更实时、更便捷、更低成本、更全面地获得；还能及时跟进国内外的学术前沿动向，把握最新学术动态；此外，还可以利用网络信息平台实时进行学术对话，所有这一切都彻底颠覆了传统的研究方式，对外国文学研究产生深远影响。

然而，网络资讯科技语境对于外国文学研究来说，也有其局限性。其一，庞杂海量的网络信息源，在文学资料的查阅和收集方面还有很多弊端与“陷阱”。比如电子资源的来源问题，有官方发布的，有专业组织发布的，也有个人发布的，除了一些官方或专业组织建立的网站或数据库外，大量信息任性随意，分散无序，管控缺失，良莠杂陈，使得数据资源的可靠性、严谨性缺乏保障，为外国文学研究者在查阅、收集和整理网络资源时增加了难度。

电子出版或发行物方面还存在一些亟待明确澄清的版权归属问题。其二，外国文学学术界在紧扣新媒体时代发展的脉搏、充分有效地吸纳其最新科技成果上还做得很不够，比如，中国学者可以利用网络数字科技平台尝试建立一些实时对话的学术会议、学术沙龙，开发一些诸如全球性的莎士比亚研究成果搜索引擎、智能手机终端的外国文学专属软件等。当然，这方面西方比我们做得好很多。其三，对新科技成果的利用停留在表面，外国文学研究的创新思路未能走向深入，也不可能取得真正革命性的外国文学研究模式的转型及相应的突破性成果，时下外国文学研究的学术思路和价值取向仍然遵循传统脉络。

在未来外国文学的研究道路上，新的科技语境无法回避，更不可能绕过，它将内化为外国文学研究意识中的重要构成部分，也必将强劲地影响研究者们的自我定位及其研究思路和方法。外国文学研究在不断创新发展的数字网络科技的语境中，应做出相应的调适与重新选择，与之紧密联系起来，加强协同创新，共荣共生。这也印证了麦克卢汉多年前的观念："媒介即讯息"，"任何媒介（即人的任何延伸）对个人和社会的任何影响，都是由于新的尺度产生的，我们的任何一种延伸（或曰任何一种新技术），都要在我们的事物中引进一种新的尺度"。当今，数字技术与网络信息科技的勃兴冲击了印刷时代占绝对主导的传统文学观念、审美习惯、价值标准和学术研究模式，催生了许多网络资源新形态，造就了一套数字网络新文化。为了应对"新的技术"时代的到来，需要引入"新的尺度"，因此，在打破传统印刷媒介时代构建的研究方法和批评标准的同时，我们更要重构一整套适应新媒体时代特性及其未来走势的新理论体系和批评标准。

随着近些年外国文学研究领域方法论意识的积极调适与强化，中国学者对新媒介时代外国文学研究方法论的新出路也有了更深入的考量。当然，外国文学研究与新媒介的有机、充分融合，还需要经历很长一段的摸索之路，也还将面临许多其他的困难及亟待解决的问题。比如，外国文学学术界主流观念上仍然把新媒介视为一种内容的承载工具和手段，而没有正视媒介特性正发挥着形塑“内容”、阅读模式和文体形态等方面的效用；新媒介总是跟技术的发展“与时俱进”，一定意义上说它是个变动不居的复杂概念。它对人文社会科学领域的广泛、深入的渗透，预示着外国文学研究中数字化技术引入与运用的必然性和迫切性。由此引发的文献资料的检索与处理、文本的呈现与阅读、学术观点的论证分析与共享交流等层面在思维方式和学术策略上的变革与转型，开拓了新媒介语境下外国文学研究的新领域，并带来了学术理论上的重大挑战。探讨超文本、超媒体数字化空间中外国文学研究的新特质，促使外国文学研究积极主动地融入网络时代之中，必然会催生外国文学研究新的理论形态和现代化学术之路。尽管这其中还可能遇到很多困难，还有很多有待完善和修正之处，但随着学术方法的调适与理论跟进，外国文学研究必将取得新的进展。但有必要特别强调的是，在“技术化”时代积极采取新研究策略的同时，也要防止研究者们在学术方法上过于依赖信息技术，忽视其缺陷和不足，从而把学术研究引入歧途。

总体而言，面对数字技术与网络信息科技所带来的冲击，外国文学研究现有的文学观念和理论话语体系仍可解决大部分问题。新的信息载体媒介、文本呈现形态、获取和利用途径，虽然触发了对外国文学研究方法和策略的重新思考，但还未到需要立即解决的境地。传统的一套学术体系不可能在短时间内土崩瓦解，我们不可急于求成，而是应该采取自下而上的模式，积极在两大阵营的张力之中构建好“第三条道路”，期待经由不断的观察、总结与沟通对话，在学界形成批评话语系统共识，借此构建一套既能与新媒体一起融合发展，又能符合学术自身规律的新研究理路。

第三节　跨文化视角下外国文学研究方法创新

一、跨文化语境中的外国文学教学研究

在跨文化语境下，传统的外国文学教学方法暴露出了一些问题。高校应该通过外国文学教学对学生的心态进行培养，使学生能够对跨文化现象进行

了解，培养学生良好的应对心态，提高学生的问题解决能力。文学与文化密不可分，在跨文化语境中，国家和民族产生了频繁的交流，特别是在网络的推动下，本国的日常生活中已经融入了很多外来因素。当今的中国文学和外国文学都具有更多的世界性特征，这也要求外国文学教学要顺应时代发展的步伐，运用世界性整体文学的眼光来对外国文学进行理解和认识。

（一）跨文化语境

文化一词具有非常丰富的内涵，根据当前学者们对文化的定义，文化应该是人类所创造的所有物质文明和精神文明的总和，既包括当前积累下的有形成果，也包括人类创造这些成果的动态过程。文化的产生与发展是一种持续而缓慢的过程，因此，文化也具有非常庞大的体系，是由很多子系统按照一定的方式构建起来的。文学是人类一种特殊的文化形态，隶属于精神文化系统，而精神文化系统又隶属于文化系统。当人类发展到一定阶段之后，就会通过文学这种方式来对自我进行审美性关照。因此，从文学的产生开始就受到文化的影响。文学创作的过程、文学的形式和文学的内容都属于文化的产物，文化会对其产生极其深远的影响和制约。

在经济全球化的大背景下，各个国家和民族间都开始了日益频繁的交流。特别是在网络这种媒体的推动下，这种交流更加频繁而深刻。一个国家和民族的人民都能够通过各种渠道来对其他国家和民族的文化和文学进行了解。西方很多文化价值观念通过各种渠道进入我国，并通过网络渠道广泛的传播，而西方国家也能够通过各种渠道了解我国社会的文化。面对陌生的行为方式、思维方式和陌生的文化，人们在交流的过程中会产生一定的文化冲突，这种文化冲突构成了跨文化语境，跨文化语境又会对各国的文学产生深远的影响。

（二）解读跨文化语境下的文学内涵

在外国文学教学中，通常将除中国以外的其他民族所创作的民族文学和其他文学统称为外国文学，主要部分为欧美文学和亚非文学。要解读外国文学，就必须立足于基本的文学研究思路，也就是必须构建适用于整个世界文学的文学研究思路。要对跨文化语境下的外国文学的内涵进行理解，就必须理解中国文学。也就是将中国文学作为理解和欣赏外国文学的载体，对文学研究的基本思路和理念进行熟悉，才能对不同语境下的文学作品的价值和特征进行把握。

在跨文化语境之中，各个国家和民族都在不断地发生接触和碰撞，在对比中不断超越，这种碰撞与超越也在文学领域中得到了体现。每个人在对文学作品进行解读时都要从自身的立场出发，必然会渗透自己的价值观。因此，要把握外国文学的内涵，就必须结合比较文学和外国文学教学，是将外国文学教学的领域放到整个文化系统的大背景中，将翻译中涉及的各种语言放在源文化的大背景中。

（三）跨文化语境下的外国文学教学

1. 正视中西方传统文化的碰撞

中西方的传统文化具有较大的差异，这种差异在跨文化语境中产生了一定的碰撞，也给外国文学教学带来了一定的问题。以美国和欧洲国家为主的西方发达国家在长期的资本主义发展中，形成了以财富为中心的文化价值观，而中国传统文化以自然作为价值观中心，两者存在一定的背离。正是由于中西方文化的差异，在交流的过程中造成了一定的阻碍，在文学作品欣赏的过程中，可能会有由于缺乏共鸣而产生较大的差异，很多在我国本土非常受欢迎的文学作品和影视作品都遇到了出国遇冷的状况，反之，“墙里开花墙外香”的现象在文学领域也普遍存在。在外国文学教学中应该引导学生客观的认识在跨文化语境中的这种现象。

2. 在跨文化语境中实现文化的共融

在跨文化语境中，国际文化交流越来越重要，大量的外国文学也被翻译到我国，这也使人们获得了欣赏外国文学的条件，能够频繁地接触到外国文学。要对外国文学进行分析，不仅要对其进行简单中文和外文翻译。在翻译和欣赏外国文学时，事实上是运用一种客观审美的态度来对原文本进行二次创作。外国文学教学的目标不仅仅是了解各国文学的发展史和一些重要作家的作品，而且还要承担相应的人文责任。

在跨文化语境中，文化交流日益频繁，因此高校应该尽力培养学生对跨文化交流语境的适应能力，这就需要充分发挥外国文学的作用。世界各民族人民的生产、生活、奋斗的历史都能够在文学中得到展现，因此，外国文学中也是对各国知识分子的精神追求和人格理想的一种呈现。在外国文学的教学中，应该尽量实现文化的交融，也就是从文化的视角来对文学问题进行研究，重视文本产生的文化语境，对文学中的文化内涵进行积极的探寻。

3. 更新外国文学的教学理念

20 世纪初，外国文学进入国人的视野时，被当时的进步文人视为疗救中华民族精神疾病的一味精神良药，赋予了其非常重要的社会功能。尽管随着时代的变化，外国文学对我国社会的改造功能有所减退，但是外国文学仍然不失为一味精神良药。在跨文化语境下，教师应该通过外国文学培养学生的自由意识和独立思想，这也是大学教育的根本方针。作为想象的产物，文学是一门精深的艺术，而外国文学又是多民族、多国家精神艺术的集合，能够对学生的想象力和精神产生极大的影响。因此在外国文学教学中，应该不断地激活学生的想象力，使学生能够与文本产生共鸣，发挥外国文学教学在创新教学中的作用。

在跨文化语境下，外国文学教学应该引导学生开阔视野、拓展思维，发挥“导创”作用。与中国文学有所不同的是，在西方的文化传统中更加重视个体自由，这种传统也在其文学作品中得到了体现。教师应该引导学生在阅读外国文学作品时培养创新思维，以适应跨文化语境的大背景。

4. 对学科体系进行完善

中华人民共和国成立以来，我国一直沿袭苏联模式来对外国文学进行译介，并对外国文学史进行编写，而且特定时代的接受情境和阅读期待都会影响外国文学的教学模式，导致当前的外国文学教材中仍然残留着大量的苏联模式的痕迹。纵观当前各版本的外国文学教材，一般都是先进行中西方划分，然后按照国家和时期进行规划，概括时代背景，介绍各时代的重要作家，对其作品进行微观或者中观的研究。在评价文学时仍然以政治经济原理和社会学原理作为指征，这种结构从伦理的角度对文学的内涵进行把握，但是难以从审美的角度来对文学底蕴进行更好的体察，一定程度上忽略了文学本身的审美艺术本质。艺术思维形式的发展是文学艺术发展的本质，文学的艺术精神不断地在抽象和具象之间来回摇摆，因此，文学的形式也在不同的时空范畴中经常发生一些变化。

要完善外国文学的学科体系，就必须着眼于建立世界文学意识。在不断扩大的时空范围内，艺术个性的实现促进了文学的发展，所谓的世界文学艺术，其本质就是要立足于世界文学这个大格局，对各民族文学在世界范围内价值的实现和其本身的艺术个性之间的关系进行理性的分析。

与此同时，还要对现有外国文学教学体系中的评价模式进行调整，也就是外国作家进行评价时，应该考虑该作家对别国文学的影响，该作家在世界文学横向与在该国文学发展过程中的历史地位以及该作家心中对人性表达和挖掘的广度与深度，是否能够在现实情境中对人进行多维度的考察。

5. 将比较研究引入外国文学教学

在跨文化语境下，比较文学得到了蓬勃的发展，比较文学应该对世界文学艺术进行系统的探讨，从而进一步推进一个语境下民族文学的发展。在外国文学教学中引入比较文学，对于培养学生的开放意识和宏观视野非常有利。比较文学的思路和理论，有利于提高整个外国文学的学科建设高度。

在外国文学教学中，教师应该引导学生客观地看待文本中所产生的语境，并且根据该语境来对文本中的文化内涵进行探寻，立足于文化意义来对文学进行反观，提高认识的深刻性。例如，基督教对于西方文学的影响极其深远，但是，当前我国的外国文学教学却缺乏对西方基督教文化的相关介绍，一定程度上忽略了基督教产生的文化价值。还有很多外国文学作品中涉及了义务和情感方面的主题，但是受到审美情绪、文化心理和时代氛围之间差异的影响，在情感方面可能表现出强烈的男性强势文化色彩，此时应该教育学生合理地看待义务和情感之间的冲突。大学生的思维非常活跃，教师还可以立足于外国文学的文本，来设计一些学生在跨文化语境中容易产生困惑的问题，使外国文学教学成为一种情感教育，通过仿真生命情境，实现对人的影响。

在跨文化语境中，外国文学教学应该立足于外国文学的内涵，对外国文学教学的体系进行优化。跨文化语境是一个对话的时代，民族与民族、国家与国家、个人与个人之间都能够通过各种渠道进行对话，产生话语间的交流。因此，在外国文学教学中应该引导学生与优秀的文本对话，不断构建更为全面和开放的外国文学教学体系。

二、跨文化比较与外国文学研究方法更新

外国语言文学一级学科下新设二级学科“比较文学与跨文化研究”，其方法论意义超越了二级学科本身。“网络化—全球化”时代，文化的多元交流碰撞加速并加深，这要求外国文学研究应站在“大文学”高度，在人类文学可通约性基础上对不同时代和文化背景的文学作整体性审视，这是理念上的“融合”；在比较研究过程中多种研究方法的交互使用，这是方法上的“融通”。外国文学的研究应尽可能突破画地为牢式的国别研究壁垒，在跨文化、跨学科比较理念引领下拓宽视野、更新观念，走向文学世界主义境界，这也是整个外国语言文学学科建设需要正视的问题。

在国务院新公布的学科分类中，外国语言文学一级学科下增设了“比较文学与跨文化研究”二级学科（国务院学位委员会 2017），这与 20 年前中国语言文学一级学科下设置“比较文学与世界文学”二级学科形成呼应（国务院学位委员会 1997）。随后，2017 年 10 月 27 日“中国外国文学学会比较文学与跨文化研究分会”成立，与 20 世纪 80 年代诞生、而今声势颇大的“中国比较文学学会”不同程度地形成呼应。这两个信息对外国语言文学学科的学术研究与人才培养意味着什么？在实践层面应该有什么样的举措？“比较文学与跨文化研究”就是“比较文学与世界文学”抑或就是“比较文学”吗？尤其是对外国文学研究来说，它的增设到底有什么意义与作用？诸如此类的问题，都不仅仅关涉教学实践与人才培养，也关涉学科建设与学术研究。而对外国文学研究来说，笔者认为，它的增设，更关涉理念更新与视野拓宽的

问题，具有方法论意义。

（一）两个“二级学科”之内涵比较

外国语言文学一级学科下的“比较文学与跨文化研究”，与中国语言文学一级学科下的“比较文学与世界文学”相比，在字面上的差别是“世界文学”与“跨文化研究”。显而易见，这意味着它们各自都必须研究比较文学的基本原理，尤其是要以比较文学的理论与方法展开国别文学研究；比较文学是它们共同的学科基础，而世界文学与跨文化研究是它们不同的追求目标和研究范围及途径。在此，对字面上不同的“世界文学”与“跨文化研究”笔者还将做一番推敲、阐释。

从操作层面看，两个二级学科在各自研究方向的设置上是否可大致表述为：

比较文学与世界文学：比较文学理论研究；中外文学关系研究；世界文学研究（文学跨文化研究）；文学跨学科研究；译介学……

比较文学与跨文化研究：比较文学理论研究；文学跨文化研究（世界文学研究）；文学跨学科研究；译介学……

上述两相对照的表述，仅仅是笔者粗略的概括性举例而已，总体而言，两种表述有大同而存小异，其间的“同”与“异”的产生，均基于各自所在的“中国语言文学”和“外国语言文学”的学科内涵、学科语境和学科逻辑。

对人们耳熟能详却又众说纷纭的“世界文学”概念，笔者在此无意于从学术争鸣的角度多作阐发，而仅就本书论述之需要，从学科设置的角度略做简单界定。中国语言文学所属二级学科中的“世界文学”习惯上指的是除了中国文学之外的所有外国文学，这是一种基于中国语言文学一级学科语境与学科逻辑的狭义概念。对此，有人曾予以质疑和诟病，认为这个“世界文学”概念是错误的，因为，排除了中国文学的“世界文学”还能称为世界文学吗？进而认为，这是中国人对自己文化传统的“不自信”和“自我否定”。这里，如果离开特定的学科语境，那么此种质疑似乎不无道理。不过，我们不妨稍稍深入地想一想：中国学者怎么会不知道：世界文学无疑包括中国文学，这是基本的常识，他们怎么可能犯如此低级的错误呢？其实，在“中国语言文学”这一级学科语境下谈“世界文学”，它完全可以只指不包括中国文学在内的外国文学。因为，中国文学在中文系是自然而然的专业基础课程，在母语文学之外再开设外国文学，是要求中文系学生不能仅仅局限于母语文学的学习，而必须拓宽范围学习外国文学，使其形成世界文学的国际视野和知识结构。于是，此种语境下的“世界文学”实乃暗含了中国文学，或者说是以中国文学为参照系的外国文学；这一“世界文学”是在比较文学理念意义上包含了中外文学关系比照之内涵的人类文学之集合体，其间不存在根本意义上的中国文学的“缺位”自然也谈不上中国学者的“不自信”和“自我否定”。如果我们把这种语境下的“世界文学”称为狭义的世界文学的话，那么，离开这个语境，把中国文学也直接纳入其间，此种“世界文学”则可称为广义的概念。这两个概念完全可以在不同的语境中分别、交替使用，事实上我国学界几十年来正是这样在使用的，这是一种分类、分语境意义上的差异化使用，没有谁对谁错的问题。当然，如果有学者要编写包含了中国文学的“世界文学史”之类的教材或文学史著作，作为一种学术探索当然是未尝不可的；但为了教学操作以及中国读者的阅读方便起见，用“世界文学”指称外国文学，将不包括中国文学的“世界文学史”教材用之于已经学习、接触甚至谙熟中国文学的学生，这是有其必要性、合理性和实用性的，也是无可非议的。就好比编写外国文学史或世界文学史，可以把东西方文学融为一体，也可以东西方分开叙述，两种不同的体例各有其优长和实际需要，不存在哪一种体例的绝对正确问题。应该说，通过不同理念和体例的文学史之探索性编写，提供不同的学术成果和学术经验，是有助于学科建设和学术发展的。

总之，在中国语言文学学科语境意义上，作为二级学科的“比较文学与世界文学”中的“世界文学”在根本上是指多民族、分国别意义上的人类文学的总称，是一个“复数”的概念；它同时也可以指称有学科语境前提与逻辑内涵的除中国文学之外的“外国文学”，但实际上只不过是与中国文学有对应关系和比照关系的中国语境意义上的“国外文学”，不存在与中国文学的决然割裂。作为一个二级学科，用“比较文学与世界文学”而不是用“比较文学与外国文学”来指称，恰恰可以更好地强调中国文学的世界性存在与意义，突出中国文学的世界性因素，凸显民族主体意识和自我意识，同时也强化中国文学研究者的世界性追求。就此而论，中国语言文学一级学科下的“世界文学”，其研究对象、内容和范围可以是中国文学基点审视下的世界各民族、各国家和地区的文学及相互关系，其最高宗旨是辨析跨民族、跨文化文学之间的异同与特色，探索人类文学发展的基本规律。

“比较文学与跨文化研究”中的“跨文化研究”并不像“比较文学与世界文学”中的“世界文学”那样直指研究的内容、范围和人类总体文学的目标，而是侧重于研究的方法：对不同文化、不同民族和地区的文学进行比较研究，其间“跨文化”是前提“比较”是基本手段与方法。这就要求外国文学的研究应突破或超越我国长期以来以语种与国别来设置文学类二级学科的老传统，如英国文学、美国文学、法国文学、德国文学、俄国文学等，若此，以往孤立的国别、区域文学研究就不再是一种绝对正确与合理的研究方法和研究对象——虽然这可以而且必然会继续沿用，但起码应该在此基础上融入“跨文化比较”的理念后展开不同民族文学间双向或多向的比较研究。就此而论，外国语言文学学科语境中的“跨文化研究”与中国语言文学学科语境中狭义的“世界文学”基本一致。

不过，虽然外国语言文学的二级学科设置有其自身的学科语境，不可能直接地表达“中国文学研究”之内涵，但是，毕竟是中国人在从事外国语言文学的学科建设和人才培养，因此，作为研究主体的中国学者无疑是站在中国的立场和角度展开其职业行为的，因而自觉不自觉地会以中国的文化传统和价值观念审视异民族的语言与文学；反过来说，从体现国家意志与民族意识的角度看，在中国大学从事外国语言文学教学与研究的中国学者和教师，也应该且必须具有本土的文化立场和价值观念，正如杨周翰先生所说，中国人研究外国文学，必须有自己的“灵魂”。我以为这“灵魂”就是中国的文化立场和价值标准。因此，先入为主和前置性的母语国价值观念，决定了我国学者的外国文学研究在根本上又依然是广义上的“世界文学”或人类总体文学研究。当然，相比之下，其中国文学及母语国的价值观念所拥有的份额无疑会显得弱一些。从这个意义上讲，从事外国语言文学的教师和学者需要进一步提升本土的母语文化水平与能力，从事中国语言文学的教师和学者，需要拓展世界视野和国际化能力与水平。

回顾与辨析我国高校中国语言文学和外国语言文学设置二级学科的历史、现状及其内涵，我们可以看到“比较文学与世界文学”“比较文学与跨文化研究”虽分而设之，但都在强调比较视野基础上文学的跨民族、跨文化研究，都试图打破国别研究的阈限走向世界文学与人类总体文学的研究。这种学科设置，是顺应我国高等教育发展与建设的国际化、文学研究乃至人文社会科学研究的开放性、世界性之需要及潮流的。也正是在这个意义上，笔者认为，这两个二级学科的设立，其意义不仅仅在于二级学科自身，更在于超越二级学科而放大于各自所在之一级学科的方法论意义，对外国语言文学和“比较文学跨文化研究”而言则尤其如此。对于这种“方法论意义”，我们还有必要做进一步的讨论与阐述。

（二）方法论意义的深度思考

由于我国以往的外国语言文学一级学科设置，不仅其中没有比较文学方向的二级学科，而且，就文学专业而言，二级学科是以国别文学为研究方向来设置的，因此，国别文学以及国别基础上的作家作品的教学与研究是天经地义的，甚至已经成为一种十分自觉的习惯与规范。当然，像“英美文学”或“英语文学”这样的划分也属于“跨国别”范畴，其间不能说没有“比较”与“跨越”的意识与内容。但那都不是学科、理念与方法自觉意义上的跨文化比较研究，而且同语种而不同国家之文学的研究，在本质上也不是比较文学范畴的异质文化意义上的“比较”研究，而只不过是同语种而不同国家文学的研究，缺乏世界文学和人类总体文学的宽度、高度与深度。事实上，通常我国高校的外国语学院也极少开设比较文学课程，也极少开设“外国文学史”这样潜在地蕴含比较思维与意识的跨文化的通史类文学课程，似乎这样的课程开设仅仅是中文系的事情。此种习惯性认识恰恰是学科设置的理念性偏差的具体表现。照理说，外国语言文学学科的人才培养与学术研究更应该强调跨文化比较与国际化视野，更应该开设世界文学或人类总体文学性质的通史类文学课程。然而，事实上这样的课程却只是或主要是在被冠之以国别名称的"中国语言文学系"设为专业基础课，比较文学长期以来也主要在中文系开设。在此种情形下，久而久之，语种与国别常常成了外国语学院的外国文学研究者之间不可逾越的壁垒，成为该学科领域展开比较研究和跨文化阐释的直接障碍，从而也制约了研究者的学术视野，致使许多研究成果缺乏普适性、理论性与跨领域影响力及借鉴意义。这样的研究成果对我国文学的繁荣与发展、对学科建设和文化建设难以起到更大贡献。

当然，跨文化研究意味着研究者要具备多语种能力，而这恰恰是人所共知的大难题。正如韦勒克所说的那样："比较文学……对研究者的语言能力提出了很高的要求，它要求有宽阔的视野，要克服本土的和地方的情绪，这些都是很难做到的。"不过，多语种之"多"对任何一个人来说，都既有其客观能力上的不可穷尽性和不可企及性——没有人可以完全精通世界上的所有语言甚至较为重要的许多种语言；但又有其相对的可企及性——少数人还是有可能熟悉乃至精通多国语言的。不过笔者在此特别要表达的是：直接阅读原著与原文资料无疑是十分重要和不可或缺的，但是，在语种掌握之"多"客观上无法穷尽和企及的情况下，翻译资料的合理运用（如世界性的英文资料）无疑是一种不可或缺和十分重要的弥补或者替代，尤其是网络化时代，否则就势必落入画地为牢的自我封闭之中。试问：从事学术研究的人，谁又能离得开翻译读物和翻译文献的运用呢？不读非原文资料的学者事实上存在吗？换句话说，有必要坚持非原文资料不读吗？实际的情形是，由于英语是一种国际通用性最高的语言，因此在世界范围内，大量的所谓"小语种"的代表性文献资料通常都有英译文本，那么，通过英文文本的阅读了解多语种文献资料进而开展跨文化比较研究，对当今中国的大多数学者来说是行之有效甚至不可或缺的——当然也包括阅读译成中文的大量资料。美国学者理查·莫尔敦早在20世纪初就撰文强调了翻译文学对整个文学研究的重要性与不可或缺性，并指出通过英文而不是希腊文阅读荷马史诗也是未尝不可的。我国学者郑振铎也在20世纪20年代撰文指出个人即使是万能的，也无法通过原文阅读通晓全部的世界文学作品，更遑论研究，但是，借助于好的译本，可以弥补这一缺憾，因为“文学书如果译得好时，可以与原书有同样的价值，原书的兴趣，也不会走失”。其实，任何文学翻译的“走失”都是在所难免的，而且，由于读者自身的文化心理期待和阅读理解水平的差异，哪一个原文阅读者的阅读没有“走失”呢？就像文化传播中的“误读”是正常的一样，文学与文献翻译以及通常的原文阅读中的“走失”也是正常的和必然的。当然，资料性文献的阅读“走失”的成分总体上会少得多，因而其阅读对研究的价值也更高。所以，在肯定和强调研究者要运用“第一手资料”的同时，不能否认“二手资料”（翻译资料）运用的必要性与合理性，否则，这个世界上还有“翻译事业”存在的必要与价值吗？

对此，法国比较文学学者谢弗勒早已有回答：“巴别塔的神话说明了一个无可置疑的事实：我们这个星球的人们并不操同一种语言。因此翻译活动很有必要，它使得被认识世界的不同结构分开来的个人可以进行交流。”

英国学者巴斯奈特和勒菲弗尔也指出：“翻译已经成为世界文化史发展过程中十分重要的创造力。如果没有翻译，任何形式的比较文学研究都是不可能的。”

这里还需要特别强调的是“跨文化研究”不仅仅是指研究对象、研究内容和研究结果的“跨文化”同时更重要的是指研究者在研究时的跨文化视野、意识、知识储备、背景参照等，概而言之是指一种方法论和理念。研究者一旦在一定程度上跳出了偏于一隅的国别、民族的阈限而获得了理念、角度的变换，也就意味着其研究方法的创新成为可能乃至事实。这正是笔者特别要表达的“比较文学与跨文化研究”具有超越其二级学科设定价值而对外国文学研究乃至整个一级学科拥有的方法论意义。

比较文学之本质属性是文学的跨文化研究，这种研究至少在两种异质文化之间展开。比较文学的研究可以增进不同文化背景下的文学的理解与交流，促进异质文化环境中文学的发展，进而推动人类总体文学的发展。尤其是，比较文学可以通过异质文化背景下的文学的研究，促进异质文化之间的互相理解、对话、交流与认同。因此，比较文学不仅以异质文化视野为研究的前提，而且以异质文化的互认、互补为终极目的，它有助于异质文化间的交流，使之在互认的基础上达到互补共存，使人类文学与文化处于普适性与多元化的良性生存状态。比较文学的这种本质属性，决定了它与世界文学的关系是一种天然耦合。比较文学之跨文化研究的结果必然具有超越文化、超越民族的世界性意义；世界文学的研究必然离不开跨文化、跨民族的比较以及比较基础上的归纳和演绎，进而辨析、阐发异质文学的差异性、同一性和人类文学之可通约性。因此，在外国文学研究领域中融入比较文学的跨文化比较研究意识与理念，无疑意味着其研究方法的变换与更新。为此，我们不妨从方法论的角度再度对两个二级学科在各自的一级学科语境中可能产生的意义做一比照：

比较文学与世界文学的方法论意义：以世界文学的眼光看中国文学，促进中国文学与文化的研究与建设并使之走向世界；以中国的眼光（立场）看世界文学，为世界文学研究提供中国视野与中国声音。

比较文学与跨文化研究的方法论意义：以世界文学的眼光看国别文学，促进国别文学研究走向世界文学；以中国的眼光（立场）看世界文学，为世界文学研究提供中国视野和中国声音，为中国文学与文化研究与建设提供借鉴（普罗米修斯精神）。

可见，无论是“比较文学与世界文学”还是“比较文学与跨文化研究”，就其对文学研究的方法论意义而言，既归旨于“世界文学”或“人类总体文学”也归旨于中国文学与文化的本土化与国际化，都要求研究者突破传统国别文学研究的习惯性思维进而走向融合与融通，在“网络化—全球化”的当今和未来尤其如此。

（三）融合、融通与文学世界主义

互联网助推全球化，我们正处在“网络化—全球化”时代。不管从哪个角度看，全球化插上网络技术的翅膀，其进程越来越快，成为一种难以抗拒的世界潮流，人类的生存已然处在快速全球化的“高速列车”上。然而，全球化在人的不同生存领域，其趋势和影响是不尽相同的，尤其在文化领域更有其复杂性，因此，简单地认定文化也将走向普遍意义上的“全球化”，无疑过于武断和不正确。

事实上，经济和物质、技术领域的全球化，并不至于导致同等意义上的文化的同质化、一体化，而是文化的互渗互补与本土化、地方化的双向互动；换句话说“网络化—全球化”并不至于使世界走向文化上的一元化，而是普适性与多元化的辩证统一。“世界上‘一体化’的内容可以是经济的、科技的、物质的，但永远不可能是文学的或文化的。”这种历史发展趋势，符合马克思、恩格斯关于物质生产方式与精神生产方式发展的不平衡性规律。所以，在严格的意义上，或者从物质生产与精神生产不平衡性规律看“全球化”可能导致的“一体化”主要表现在经济领域，而文化上的全球化、世界性“趋势”则终究是文化领域和而不同的多元共存。这种文化发展趋势恰恰为“网络化—全球化”时代的比较文学及其跨文化研究提供了存在与发展的有利前提。

既然经济上的全球化并不等于文化上的“一体化”，而是和而不同的多元共存，那么，全球化“趋势”下的世界文学也必然是多元共存状态下的共同体，因而“网络化—全球化”时代的人类文学也就是非同质性、非同一性和他者性的多民族文学同生共存的人类文学共同体。由此而论，外国文学或世界文学的研究不仅需要，而且也必然隐含着一种跨文化、跨民族比较的视界与眼光，以及异质的审美与价值评判，于是，跨文化比较研究就天然地与外国文学或世界文学有依存关系——因为没有文学的他者性、非同一性和多元性，就没有比较文学及其跨文化研究。显然，比较文学及其跨文化研究自然有其存在的必然性和生命活力，也是更新文学研究观念与方法的重要途径。无论是中国文学还是世界文学（外国文学）的研究，都应该跳出本土文化的阈限，进而拥有世界的、全球的眼光，这样的呼声如果说以前一直就有，而且不少研究者早已付诸实践，那么，在“网络化—全球化”境遇中，文学研究者对全球意识与世界眼光则更应有一种主动、自觉与深度领悟，比较文学及其跨文化研究方法也就更值得文学研究者去重视、运用与拓展。跨文化比较研究就是站在人类文学的高度对多国别、多民族的文学进行跨文化比较分析与研究，它与生俱来拥有一种世界的、全球的和人类的眼光与视野。正如美国耶鲁大学比较文学教授理查德·布劳德海德所说：“比较文学中获得的任何有趣的东西都来自外域思想的交流和它们在新地域的重新布置。但如果我们让这种交流基于一种真正的开放式的、多边的理解之上，我们将拥有即将到来的交流的最珍贵的变体：如果我们愿意像坚持我们自己的概念是优秀的一样承认外国概念的力量的话，如果我们像乐于教授别人一样地愿意去学习的话。”因此，在“网络化—全球化”境遇中，比较文学及其跨文化研究方法对整个文学研究都具有方法论启迪。

不仅如此，在“网络化—全球化”境遇中，比较文学对文化的变革与重构，对促进异质文化间的交流、对话和认同，对推动民族文化的互补与本土化均有特殊的、积极的作用。美国著名文学理论家韦勒克曾经说过的“比较文学的兴起是为反对大部分 19 世纪学术研究中狭隘的民族主义，抵制法、德、意、英等各国文学的许多文学史家的孤立主义”。作为美国比较文学奠基人之一的雷马克也说过：“在研究民族文学、比较文学和总体文学的学者之间进行刻板的分工既不实际，又无必要。研究民族文学的学者应当认识到扩大自己眼界的必要并设法做到这点，并且不时地去涉猎下别国的或与文学有关的其他领域。研究比较文学的学者则应时常回到界限明确的民族文学的范围内，使自己更能脚踏实地。”韦勒克和雷马克的话，切中了我们以往外国文学研究领域以语种与国别为壁垒的画地为牢之时弊，也提示了外国文学研究融入跨文化比较理念之方法论意义。

三、跨文化视角下的外国文学作品鉴赏和翻译探讨

中西方国家有着不同的文化底蕴，文化之间也存在着很大的差异，因此，

也拥有各自的审美和理解取向。不同国家与民族的人对外国文学作品有着不同的理解，而且其翻译水平也直接关系着鉴赏水平。该文结合多部外国文学作品，从跨文化视角的角度，在中西方文化差异下，对外国文学作品的鉴赏以及翻译方式进行了探讨，希望可以有效地促进中西方文化的交流与融合，丰富文学作品的鉴赏与翻译方式，从而提高相关人员的文学鉴赏水平以及文学作品的翻译能力。

在人们的日常生活中，即使对相同的事物，站在不同的角度去看、去理解，也会得出截然相反的看法和结论，这主要归结于不同人具有不同的思维方式以及理解能力，这还是在同一国家或社会中，那么在不同国家，跨文化的视角下，人们又对同一事物有着怎样的理解呢？显而易见，一定是存在着较多的差异。我们都知道西方有着较多优秀的文学作品，那么在鉴赏的过程中，人们又会有着怎样的解读呢？下面，笔者将结合多部外国优秀的文学作品进行赏析，以供参考与借鉴。

（一）外国文学作品中跨文化意识的培养

优秀的文学作品往往被翻译为多种语言在不同的国家流传，这是因为文学是相通的，是人们抒发感情的工具，蕴含着作者的感情以及深厚的文学功底，在阅读的过程中，往往能真实地反映出人们的现实生活，来源于生活而高于生活，不同国家的读者在阅读文学作品时，也能感受异域风情，这也促进了不同国家之间文化的交流。改革开放以来，优秀的文学作品大量的涌入中国，极大地丰富了人们的业余生活，也陶冶了人们的情操，升华了人们的精神境界。为了更好地欣赏文学作品，相关人员在翻译作品时也极为精益求精，希望可以更加准确地传达原作者的思想意图，这极大地考验了翻译者的水平。为了尊重原著，翻译人员就不能受限于自己的思维方式以及认知水平，所以其应该了解外国文学作品背后的文化背景。当前社会，翻译领域普遍存在着对外国文学作品跨文化意识不够重视的问题，所以外国文学作品的翻译水平还是有待提高。文学翻译不是简单的逐字翻译，它既是一门语言艺术，也是一种跨文化、跨思维方式的重要工作，翻译人员应最大限度地还原文学作品中的文化与民族特色，既要考虑大众审美，注重艺术美感，也要保证文学价值，促进文化交流，使外国文学作品中的外国文化得到正确的传播，所以，在外国文学作品鉴赏与翻译中，培养跨文化意识显得尤为重要。

外国文学作品的鉴赏与翻译者的翻译能力息息相关，在跨文化意识的要求下，翻译者不但要了解不同国家的文化习俗，还要考虑到本土文化与外国文化的差异以及大众的理解能力与接受能力。文化差异会影响人们的思维方式，在翻译的过程中容易出现错误，所以，跨文化意识需要从思维、语言、行为等方面不断斟酌，使读者能充分了解文学作品中的场景与行为。跨文化意识是对翻译者的最高要求，其在自身理解文学作品后，还要根据两国文化差异，对艺术作品中的语言与行为进行正确的加工与处理，保证文学作品独具异域风格，也能适应本国人民的鉴赏习惯。跨文化意识的培养不是一朝一夕就能完成的，它要求工作人员在实践中不断积累经验，提高自己的艺术敏感度，这样才能处理好文化差异带来的外国文学作品鉴赏差异。只有认识到外国文学作品翻译中跨文化意识的重要性，才能提高艺术鉴赏与艺术作品翻译的水平，从而更好地吸收优秀文学作品中的精华，提高自己的文学素养与精神境界。

（二）结合外国文学作品鉴赏与翻译

1. 外国文学作品初级鉴赏

在对外国文学作品进行鉴赏的过程中，首先是阅读，也就是认识里边的字，了解这些文字的表面意思。而想要真正读懂文学作品，还要加入自身的思考。在现实生活中，人们的理解能力会受自身思维方式的影响，看待事物也有着不同的标准与角度，而且往往容易加入个人情感，从而没有办法做到客观地看待事物，每个人的观点也没有办法得到统一。所以，在鉴赏文学作品时，如果你不了解不同地域的文化差异，就没有办法正确地理解文学作品，还会出现理解上的偏差，从而产生歧义。文学作品可以说是作者独特情感的抒发，它描绘了作者生活的实际社会环境，是对人们真实生活环境的介绍，如果你没有办法认识到文化的差异性，就没有办法真正做到文学作品的鉴赏。相反，如果你具有一个开放的心态，从兼容的角度、跨文化的视角去理解文学作品，在阅读的过程中就可以更好地了解外国文化，从而提高自己的阅历。

在全球经济不断发展的今天，越来越多的文学作品走进了大众的视野，外国文学作品的翻译越来越受到社会的重视，这也从另一方面促进了我国文学作品翻译事业的发展，越来越多的人认识到文学作品的鉴赏情况与翻译工作密不可分，翻译水平越高，则人们的艺术鉴赏水平越高。这就要求翻译工作者对外国文学作品进行准确、恰当、严谨的翻译。语言工作者的工作比较特殊，它需要工作人员了解不同国家的文化背景，在艺术传播的过程中，不仅是文字的传播，还有民族文化的传承，彰显出不同民族的文化差异与特色。翻译者不但要做到对内容的准确表述，最大限度地还原作品的艺术性，还要根据大众审美水平，使读者从文化差异的角度更好地接受文学作品中的内容。

2. 外国文学作品中级鉴赏

很多优秀的文学作品都被拍成电影，这促进了文学作品的传播，使广大民众都记住了文学作品中蕴含的哲理。《阿甘正传》这部作品相信大家都不会陌生，讲述的是一个先天智障的小男孩福瑞斯特·甘通过不断的坚持、努力，用坚定的信念最终创造了多个奇迹。这个故事里，最著名的一句台词是：“人生就像一盒巧克力，如果你不亲自打开尝尝，你永远不知道它是什么滋味。”这一句话看似简单却蕴含了深刻的人生哲理，这也是西方文学作品普遍特点。很多中国读者在理解这一句话时有疑惑，为什么把人生比作巧克力而不是其他东西呢？这就需要结合美国当地的文化了。在对西方的文化有一定了解后得出结论：原来西方的巧克力大多数都是一件 24 块，而且有 24 种味道，种类很多却没有标识去提醒顾客，所以你只有打开后尝过才能了解其中的滋味。在了解这一文化背景后，是不是对文学作品的理解也加深了呢？

比如，《老人与海》这部文学作品，其最突出的地方是老渔夫圣地亚哥与鲨鱼在海湾中搏斗的场面，尽管故事是悲剧性的，但是老人的身上却体现出人性永不服输的精神：“一个人可以被毁灭，却不能被打败。”作者对老人与鲨鱼搏斗的画面进行大量描述，虽然老人的大鱼被夺走了，但是其搏斗的过程中那“超人”的毅力与永不言弃的精神却是谁也夺不走的。这部作品中的主人公圣地亚哥是作者海明威笔下所有“硬汉子”的代表，也是西方文化中冒险精神的象征。

《简·爱》这部现实主义小说塑造了一个不安于现状、敢于抗争、敢于追求幸福的独立女性形象，传达了西方社会强调女性地位以及人格独立的西方文化特色。在理解的过程中，需要了解当时社会背景，那时英国是西方头号工业大国，但是妇女在社会中依然是依附地位，女人的生存目标是嫁入豪门，而自谋生路的女性会受到社会强烈攻击。正是在这一社会背景下，《简·爱》传达出对当时社会的反抗，对人类更高精神境界的追求以及爱情是建立在精神平等基础之上的先进思想。

（三）外国文学作品高级鉴赏

翻译水准是影响文学作品质量的直接因素，对外国文学作品的翻译相当于对文学作品的再创造，我国著名翻译家许渊冲先生将文学翻译概括为 10 个字：“美化之艺术，创优似竞赛”，他强调翻译的最高境界是：“音美、形美、意美”。所以，文学翻译不但应该从语言学，还要从美学、社会学等方面同时展开，并尊重外国民族的文化、民俗、精神，做到最大限度的包容性。我国有着丰富的文化底蕴，汉字也有着悠久的历史，在翻译的过程中，应充分体现出汉字的丰富底蕴。

《威尼斯商人》是莎士比亚的喜剧经典之一，作品中塑造了 shylock 这样一位唯利是图的奸商，但是在翻译“shylock”这一英文单词时，不仅考虑它是剧中人物的名字，还要考虑它多代表的意义以及当时社会背景，从而展现出该英文单词所包含的深层含义。《哈姆雷特》是莎士比亚四大悲剧之一，其中有句经典台词是：“To be or not to be，that is a question”，这在翻译的时候就不能够直译，因为“To be”代表动词不定式，而且包含着“成为、存在、是的”等多种意思，如果缺乏对整部作品的准确把握，就无法很好地翻译这一句子。如今对这一经典台词的认同度较高的译文是：“生存还是毁灭，这是个问题”，准确地表达出主人公内心的挣扎与矛盾。

由于中西方语言在修辞、语序、语法等方面存在较大差异，为了保证译文的艺术感染力，应尽量贴合原文所在国家的语言习惯，还要了解文学作品创作背景下特殊的社会与文化环境，这对翻译工作的顺利展开有着重要的影响。

综上所述，在鉴赏外国文学作品时，如果没有事先对西方文化进行准确的解读，就没有办法准确地传达出原著作者想要表达的思想与感情。翻译者不光需要对文字进行翻译，还要从跨文化的视角下传达出文学作品的核心价值与精神。众所周知，中西方文化有着巨大差异，人们的思维方式、表达方式往往“南辕北辙”，但是这并不应该成为影响中西方文化交流的绊脚石，相信随着我们外文翻译事业的不断发展，翻译工作者在实践中的不断积累，一定会使更多更好的文学作品走入大众视野，从而更好地提高民众的文化品位、人文素养以及艺术鉴赏能力。

参考文献

[1] 顾熠男 . 新媒体时代美剧在中国的跨文化传播 [J]. 文艺生活·文艺理论，2015(7):119.

[2] 杨海洋 . 互动与冲突：新媒体时代跨文化传播行为研究——以美国社交网站 Facebook 为例 [J]. 今传媒 , 2013(10): 60.

[3] 肖珺 . 多模态话语分析：理论模型及其对新媒体跨文化传播研究的方法论意义 [J]. 武汉大学学报（人文科学版）, 2017(76): 127.

[4] 冯君 . 新媒体与我国跨文化传播的融合与发展 [J]. 未来与发展 , 2016(5): 21.

[5] 潘泽湖 . 新媒体与跨文化传播的理论脉络 [J]. 福建茶叶 , 2019(02): 181.

[6] 王蓉 . 基于“互联网 +”的新媒体跨文化传播效果分析 [J]. 新闻研究导刊 , 2019(08):236.

[7] 贺丹 . 刍议跨文化视角下的外国文学作品鉴赏和翻译 [J]. 校园英语 , 2018(17):242.

[8] 马鸿 . 跨文化视角下文学作品的语言翻译 [J]. 语文建设 , 2016(12): 39.

[9] 杨虹 . 跨文化视角下西方文学作品的鉴赏与翻译探讨 [J]. 农家参谋 , 2019(5): 225.

[10] 赵思佳 . 跨文化视角下的外国文学作品鉴赏和翻译探讨 [J]. 北方文学 , 2017(5):96.

[11] 卢峰 . 文化对等视域下英语专业本科翻译教学创新途径研究 [J]. 渭南师范学院学报 , 2018(14): 70.

[12] 马鸿 . 跨文化视角下文学作品的语言翻译 [J]. 语文建设 , 2016(12): 39.
[13] 张颂华 . 浅析跨文化语境中的外国文学 [J]. 教育教学论坛 , 2014(12): 136.
[14] 张云 . 比较文学视野下的外国文学教学改革研究 [J]. 湖北函授大学学报 , 2011(5): 24.
[15] 吴燕 , 赵雪爱 . 论外国文学研究的障碍与出路 [J]. 长沙铁道学院学报（社会科学版）, 2011(01): 22.
[16] 张志庆 . 外国文学教学的问题与对策 [J]. 当代教育科学 , 2011(05): 14.
[17] 吴亚娟 . 多元文化视域下的外国文学教学研究 [J]. 文学教育（上）, 2014(04): 7.
[18] 高瑾 . 外国文学教学应当如何引导学生阅读文本 [J]. 语文知识 , 2013(12): 42.
[19] 戴晓东 . 跨文化交际理论 [M]. 上海 : 上海外语教育出版社 , 2011.
[20] 严明 . 跨文化交际理论研究 [M]. 哈尔滨 : 黑龙江大学出版社 , 2009.